丰子恺 著

少年音乐和
美术故事
music and art story

星星唱着
自己的
歌

中国致公出版社　知音动漫

丰子恺先生曾问四岁的小瞻瞻最喜欢干什么事。

小瞻瞻回答："逃难。"

丰先生很奇怪，遂问："知道什么是逃难吗？"

小瞻瞻回答："就是爸爸、妈妈、宝姊姊、软软……娘姨，大家坐汽车，去看大轮船。"

"那一天不论时间，不论钱财，只是浪漫地、豪爽地、痛快地举行这游历，实在是人生难得的快事！只有小孩子才能感受这快乐！"

一场颠沛流离的逃难，就这样，成为丰家孩子专属的行为艺术，也成了丰子恺先生送给儿女们的人生礼物。

在丰子恺先生看来，艺术教育就是教人用像作画、看画一样的态度来对待世界；换言之，就是教人学做孩子。因为人类最初，天生是和平的、爱的。所以，小孩子天生有艺术的基础。培养小孩子的这点"童心"，使他们长大以后永不泯灭，就是艺术教育。所以，"教养孩子的方法很简便。只要教他永远做孩子，即永远不使失却其孩子之心"。

你若爱，生活哪里都可爱。用艺术留住童心，让孩子就做个孩子。

这样，才有了喜欢逃难的小瞻瞻，有了无处不生活、无处不艺术的丰子恺。

他会不厌其烦地编一个姐姐逢春，又造一个弟弟如金，一双小儿女写着信，聊着天，便讲开了音乐和美术故事，说到了传统和生活之美……丰先生别出心裁，用"独揽梅花扫腊雪"去讲音阶，在远足途中学习"远近法"，更别说摘豆梗做翡翠笛，拿蜡烛塑洋玩偶……即便是燥热的夏日午后，独自闲居的房间，也只需要一场游戏，一点创意，便妙趣横生……生活于他，本就是一门艺术。狭小的房间如同美术的布局，短暂的一天犹之乐章的移行。一文，一画，一曲，即一人生。在生活中，他从不远离，却又以文字和画作给了我们一个更干净纯粹的世界。诚如朱光潜先生所说，"子恺从顶至踵是一个艺术家，他的胸襟，他的言动笑貌，全都是艺术的"。

其实，丰先生少时丧父，中年战乱流离，晚年又遇政治运动，可以说一生坎坷，酸辛遍尝。但满地都是六便士，他却始终不忘抬头，看到了月亮。"我的心为四事所占据了：天上的神明与星辰，人间的艺术与儿童。"如此单纯而执着，却指向了诗和远方，照亮了人间情味。

谁听过星星的歌唱？是一首吵闹的童声小合唱吧？听到的人，该有一颗多么安静，多么率真的心？

是丰先生吗？要知道，艺术，是他应对生活的最好姿态，而率真，是他永远的缪斯。

"一个与人无争、无所不爱、一颗纯洁无垢的孩子的心"，惟愿这样的"丰先生"，以这本小书的形式，永远珍藏在你我的生命中，率真如初。

目录

游春人在画中行

绘画篇

我们用苦功练习眼力、手力、心力，养成了能够明敏地观察，正确地描写，美满地表现的能力，然后拿这明敏、正确、美满的能力去应用在我们一切的生活上，使我们的生活同良好的美术品一样的善良，真实，而美丽。这便是图画的间接的用处，这才是图画的最大的用处。

落叶

◆ 简笔画的大学问

原来简笔画的省略法，笔划的取舍很不容易。无关紧要的笔划应该省略，主要的笔划不可缺少。无关紧要的笔划倘不省略，其画芜杂；主要的笔划倘缺少了，其画不全。芜杂与不全，都是不得要领的。

中秋过后，天气渐渐凉爽，人意也渐渐快适。我的饭量比前增加。以前只吃一碗半，现在要吃两碗半。我的用功比前起劲。以前午饭后第一课不免打瞌睡，现在上了一天课还抖擞精神。尤其是今天，星期六，兼又天高气爽，心身都舒服。四点钟课毕后，我回到楼上的自修室，把书向桌上一抛，走到窗前小立一会。但见变幻不定的白云，衬着深远无底的青天，辽廓无边。我忘记了身在学校，又忘记了眼前所见的是什么东西。过了好久，才记得这叫做"天"。但是，这为什么叫做"天"呢？这明明是古人假造出来的名称。我一向上了古人的当，以为这的确是天，毫不怀疑。今天仔细一看，这是何等神秘的一种现象！怎么可用一个"天"字来包括呢？

我正在想入非非，猛听见下面有稔熟的声音："柳逢春小姐家里有信！你弟弟寄来的！"我向下一望，原来是宋丽金和吴文英，手里各拿一册速写簿，并肩而行，却仰着头和我开玩笑。我也笑着回答道：

"我道真个是王妈送信来了。原来是两位女画家！你们今天写了几张画？可让我拜观你们的'大作'？""'大作'要美术家的女儿才会写的，我们哪里有呢？你靠在窗际出什么神？还是带了sketch book，和我们一同写生去吧！"

"sketch book"就是速写簿，这名词在我耳中感觉非常可亲。一则初学英语，应用起来分外新鲜，二则秦先生教我们各人自制一册速写簿，练习速写，现在正是最有兴味的时候。我就回转身来，向抽屉里取了sketch book，两步并作一步地走下楼来，参加在她们的写生队中。

宋丽金本来不欢喜图画，自从进了这中学校以后，因为和我是同乡，又是小学时代的同学，外加初入校时举目无亲，和我两人相依为命，因此受了我的影响，如今对图画比我更欢喜了。自修室长吴文英呢，本来是一位各科都平均爱好的好学生，自从"九一八"之夜听了秦先生那番讲话之后，对于秦先生的人格学问忽然佩服起来。最近，在《中学生》杂志里读了丰子恺先生的播音讲演稿《图画与人生》，感动得很。曾经对我说道："'美术是精神的粮食'这句话真对！我每逢看见自修室里的地板上丢满花生壳和香蕉皮，比饿了一餐夜饭更加难过。每逢看见同学们穿着龌龊的衣服，比吞一个果核更加难过。原来是眼睛在那里作怪。像你，做美术家的女儿的，到底幸福！你欢喜美术，精神的粮食常不缺乏。以后我也不肯忽略这方面的营养了。"从此以后她常常到图书室里去借美术书看，常常亲近秦先生，对我和宋丽金更加要好了。上星期秦先生劝我们各人自制一册速写簿，把制法告诉我们。第二日，吴文英发起合作。凡愿制速写簿者，到她那里签名，由她去买封面布、纸头、丝带和铅笔。结果三十多人个个参加，人手一册。就中宋、吴两同学，尤为热心。每逢课余、饭后、睡前，必利用休息时间，练习人的姿势的速写。坐的、立的、睡的、游戏的、运动的、工作的，都被描写。然而限于学校内的光景，到底单调。今天是星期六，她们两人就相约出门写生，希望得些新鲜的材料。我的参加，原也是极高兴的。

我们三人跑到了市外的树林里。树林外面是大片的稻田，金黄色的稻挂下了沉重的穗，正待农人来割。凉风忽起，送来一阵新米饭的香气。树林里面是一个小的村落。村落里有几个村女，肩了竹耙或扫帚，走进树林里来，大家打扫落叶。她们的服装个个不同，她们姿势时时变化。这正是最好的速写画材。我立刻躲在一株大树背后，展开速写簿来，开始写生。宋丽金走到一个土坟背后，坐在地上写生。吴文英的方法最巧妙：她并不躲避，只管向着她们站立，但时时把头向着稻田方面眺望，假作描写稻田的风景。村女们最初毫不介意管自起劲地打扫落叶，演出种种姿势来给我们速写。后来，其中有一个人看穿了吴文英的戏法，忽然对她的同伴说道："她们在画我们呢！"于是大家抛了竹耙或扫帚，赶过来看。我和宋丽金立刻把 sketch book 藏入袋里。吴文英不慌不忙地招呼她们，就同最先赶到的村女谈起话来。

"你们打扫这些树叶儿，拿去做什么用？"

"我们拿去烧饭吃的。你们画这些画儿拿去做什么用？"

"我们是拿去看看的。你们打扫落叶，样子都很好看。"吴文英说着，把 sketch book 翻开来，她们大家聚拢来看。有的笑着说："眼睛鼻头都没有的！"有的惊讶地说："哈哈！一把竹耙只有三个齿！"还有一个年轻的指着一幅速写叫道："这是三姑娘，穿裙子的！"又认真地指教吴文英道："头上还少描两朵花，她是新娘子呀！"于是大家笑着对三姑娘看。三姑娘脸孔红了，低下头去。忽又伸起手来，向年轻的背上乱打。年轻的逃，三姑娘追，追到土坟背后，两人一起滚倒在地。大家拍手大笑。我观察这位新娘子，年纪比吴文英小，身材比宋丽金矮，打架时态度全同小孩子一样。我心中惊诧得很。后来一个年纪最大的把她们劝开，大家谈着话重新工作。我们也各自藏了速写簿，大家谈着话，缓步回校。

晚上，我们三人同到秦先生房间里，把白天的速写给她看，请她批评。却先把新娘子打架的故事讲给听。她听了也好笑得很。对我们说："这里的村人总是明白的，没有阻碍你们的写生。我以前有一次，把个山乡的村童 sketch（速写）一下，他的母亲赶将过来一定要撕掉我的画，说我是要拿去卖给洋鬼子，叫洋鬼来捉他的灵魂的。我种种地辩解，她总不相信，那幅画终于被她撕去，我还被她骂了一顿。真是好笑又好气！"我们都表示同情。她继续说："这全是我国教育不普及的原故。他们都不受教育，不知道图画是什么。全中国的人知道 sketch 这一个名词的，恐怕不到万分之一呢！"我们大家叹息。秦先生为我们的速写——批评，并加以适当的修改。我有几幅，自己也觉得不得要领，但不知道不对在什么地方。经秦先生加减数笔，忽然得要领了。我佩服之至！原来简笔画的省略法，笔划的取舍很不容易。

无关紧要的笔划应该省略，主要的笔划不可缺少。无关紧要的笔划倘不省略，其画芜杂；主要的笔划倘缺少了，其画不全。芜杂与不全，都是不得要领的。

最后秦先生从书架里检出一幅画来给我们做榜样，她说："这是十九世纪法国大画家米叶〔米勒〕（Milt）的钢笔 sketch，所描写的是一个女人正在打扫落叶枯草来做野火的光景，取材大致和你们今天的 sketch 相类，可供你们参考。你们看，他的用笔多少得要领！繁的地方不嫌其繁，简的地方不嫌其简。你们初学，不妨临摹几次，学点笔法。"

我们大家在速写簿上临摹米叶的 sketch，又各向秦先生借了一本画帖回去。从此我对于简笔划的兴味愈加浓厚了。

曾载于 1936 年 10 月 25 日《新少年》第 2 卷第 8 期

喂食

西洋画

　　华明自从那天星期日看见我们模仿米叶〔米勒〕的《初步》拍了一张照相之后，对于美术的兴味忽然浓厚起来。第二天放夜学后就背了书包跟弟弟跑到我家，悄悄地问我："昨天的照相洗出了没有？"我告诉他，爸爸昨天因为陪客人，没有工夫洗照相。他搔搔头皮，回家去了。

　　第三天放学后，他又背了书包来问。我又告诉他因为定影药——大苏打——用完了，昨晚洗不成。今晨已由我写信到城里县立中学，托叶心哥哥代买。他寄到后我们就洗出来给你看。他又搔搔头皮，回家去了。

　　星期六课毕回家，我收到叶心哥哥寄来的一个小包。打开一看，里面有一包大苏打，和一张画。他的附信上说："接到你的信，知道你们在模仿米叶作品的构图拍照相，我很羡慕，退课后恨不得坐飞机回来看一看。大苏打一磅，已买来，现在包封了寄上，即请查收。前天我的姐姐又从美术学校寄了许多名画的复制品给我。其中有一张米叶的《喂食》，我看描得比《初步》更加有趣。现在我把这画一同寄给你，想你一定欢喜它。这般大小的镜框我知道你家一定有的。请你给它配上适当的背景纸，装入镜框，挂在房间里。将来你们如果找得到相似的模特儿，也许还好模仿这构图拍一张很有趣的照相呢。"

　　我把大苏打交给爸爸，就去找镜框来装配那张名画。只有弟弟床前装着他的甲上的写生画成绩的那个银边镜框，大小正好。我便除它下来，预备借用一下。正在装配，弟弟同华明，各人背个书包来了。弟弟见我拆毁他的成绩，把书包向床里一丢，对我叫跳起来。我拿叶心哥哥的信给他看，并且说明暂时借用的意思。他读了信，看了我正在装好的名画，笑起来，忘记了一切似的惊叹道："这张画好极了！真个比《初步》更有趣！你看这三个孩子。"他捧着镜框给华明看，继续说："中央的一个张着嘴来吃，像只小鸟。这边的一个已经吃过一口，正在辨滋味；那边的一个看着他吃，正在吞唾涎呢！哈哈哈……"华明以笑代替答应，只管捧着镜框细看。弟弟说："挂起来大家看！"华明把镜框递给我。我把它挂在窗口亮的地方，大家同看。弟弟向画中指东点西，评长论短，唠叨了一会，最后说："你们知道他们为什么坐在门槛上喂食？大家猜猜看！"接着立刻自己回答："因为门口风凉些，他们是在吃乘凉夜饭呀！"我笑道："你不要瞎说，他们穿的衣裳这么厚，头上都戴帽子，怎么会吃乘凉夜饭的？我想是晒太阳吧？你看门里墨黑的，门外太阳光多么亮！"华明一向背着书包对画呆看，绝不插嘴。这时候他拍拍手说："对啊，对啊！这女人是米叶夫人，这三个是米叶家的孩子,我知道了。"弟弟知道自己的话说错了,无可辩白,就到华明身上出气,指着他说:"你也是瞎说!你几时认得他的?"又借用了阿Q偷萝卜时回答老尼姑的一句话诘问他:"你叫得他应么?"华明最近同弟弟两人读《呐喊》,常把书中可笑的话记在心头,时时用以说笑。这时候他用了赵七爷恐吓七斤嫂的一句话来回答弟弟:"书一条一条写着!"说过,伸手向书包里摸索。我正在笑得肚痛,但见华明摸出一册黄面的书来,书面上写着"《西洋名画巡礼》,丰子恺著"几个字。我认识这是华先生到我们教室里来讲美术故事时常带的书,可是没有读过。华明把这书摊在桌子上,翻出一节来读给弟弟和我听:

"但这时候米叶穷得很。他自己在日记上这样写着:'我们只有两天的柴米了。用完了叫我怎么办呢?我的妻子下个月要生产了。我只得空手等待着。'

"到了第二天晚上,米叶家里柴米都用完了,剩些面包屑,给小孩们吃了两口,他自己只得挨饿。到了第四天晚上,灯油也用完了。米叶只有双空手,暗中坐在一只破箱上,想他的明天怎样过去。忽然听见外面有人敲门,敲得很急。米叶吓了一跳,他想一定是米店里的人同了官兵来讨债了,心里很怕。但是敲门的声音愈加急了,只得去开门。门开了,走进来的果然是两个衙门里的人。但他们说话很和善:'米叶先生在这里么?''是的,我就是米叶。你们有什么贵干?''我们是官府里来的。官府知道米先生的画描得很好，而生活很穷，特地叫我送来一点钱，作为奖赏。'他们就拿出一包洋钱来递给米叶。米叶如同做梦一般，接了这包钱，手中觉得很重，但口中讲不出话来。停了一会，他方才说道：'谢谢你们！你们来得正好。我们已经两天没得吃了。第一是小孩子饿不得，他们这两天只吃一些面包屑。现在可以买给他们吃了。我真要谢谢你们！'等这两个人去后，米叶打开钱包来一看，里面包着一百个法郎，好像是从天上飞下来的。正在饥饿的时候，会有人送钱来，这不是天保佑善良人么？米叶立刻去买柴，买油，买米，买菜烧饭给孩子们和将要生产的夫人吃。"

华明从书中仰起头来，指着画说："他家是很穷的，这一定是他的家了。因为家里没有火炉，冷得很，所以他的夫人带了三个孩子到门口的太阳光里来喂食。你看，他的夫人的身体这么大，一定是就要生产了。"

背后有一个大人的声音"格格格格"地笑起来，回头一看，原来是爸爸。华明脸孔红了。爸爸说："你们读了《西洋名画巡礼》，鉴赏西洋名画，很好很好。"他朝着画坐下了，对华明说："你的话大概对的！这里所写的恐是米叶自己的家庭。但是我们欣赏名画，'画里的人是谁'，不是最重要的问题。知道了固然好，不知道也无妨。我欢喜这幅画，却为了它的内容和形式都很好。在内容意义上，这么天真烂漫的孩子，这么慈爱的母亲，这么和平的环境，使人看了心中感动，会跟了他们天真起来，慈爱起来，和平起来。在构图形式上，这画以四个人物为主体，四个人中又以母亲为正主体，三小孩为副主体。主体摆的地方很适当，故画面非常稳定。此外，房屋和天地都是背景。你看他的背景配得多么巧妙：母亲身上黑影多，配着光明的墙和地；孩子们身上阳光多，配着门内的黑影。这么一来，主体就统统显明。而且，小的地方也都苦心配成呢：譬如那边一只鸡，没有了原也无妨，但是寂寞了，终不及有的美观；鸡下面一丛黑草，看来无关紧要，但没有了它，母亲背后这块地也太单调。甚至画的左边上，石库门上的一个破窟窿，也是苦心搭配着的。倘没有了它，这一条狭长的墙壁就太死板了。这些是照相所做不到的。所以照相终不及绘画。"

爸爸讲的时候，华明一直看着画微笑点头。这时候他问了："柳先生，《初步》的照相几时晒出来？"爸爸说今晚可洗，并约他明天来看。他很欢喜，背着书包告辞了。爸爸目送他去后，对我们说："以前你们常说华明不爱美术，现在我看他很热心，并且很懂得了。将来正会进步呢。"

原载于《新少年》1936 年 3 月 25 日第 1 卷第 6 期

初步

◆ 演绎名画的乐趣

华明对爸爸说："柳先生！你们要照美术的《初步》？"我们大家笑起来。弟弟教他："不是「美术」，是米叶！我们这里今天来了一个挨霞，《阳光底下的房子》里的挨霞，你认识么？我们要照你这张画的样子给他拍个照。"

　　徐妈提着一大篮黄矮菜，两只小脚在天井里的石板上"的的搭搭"地敲进来，嘴里喊着："小客人来了！"我和弟弟并不问她，赛跑似的赶到门口。但见河埠上停着一只赤膊船，船里坐着雪姑母，雪姑母手里抱着镇东。茂春姑夫蹲在岸上，正在把船缆缚到凉棚柱脚上去。我们齐喊："镇东！镇东！"镇东两只手用力撑住雪姑母的下巴，拼命想从她身上爬下来，并不理睬我们。雪姑母两手抱住他，仰起头，代替他答应："喂！逢春姐姐！喂！如金哥哥！"说最后两字时，嘴巴被镇东的手盖住了，发音好像"如金妈妈！"岸上的人大家笑起来。雪姑母就在笑声中上了岸。

　　我还记得，镇东是前年"九一八"出世的。当时茂春姑夫来报告我们，笑嘻嘻地说："倒养个团团。"又说："娘舅给毛头起个名字吧。"后来爸爸就在一张红纸上写"蒋镇东"三个大字，上面又横写"长命康强"四个小字，和产汤一同送去。这好像还是昨天的事，谁知镇东已长得这么大了。当雪姑母擒了他走进我家时，他不绝地想爬下来，使得雪姑母几乎擒拿不住。

到了堂前，雪姑母把他放在方砖地上，说："让你去爬吧！娘舅家的地上比乡下人家的桌子还干净呢。"接着又对姆妈说："'爬还爬不动，想走'，就是他！他在家里只管在泥地上爬，拾了鸡粪当荸荠吃的！"说得大家又笑起来。姆妈走过去抱了他，教他坐在膝上。我们大家围拢去同他玩笑。

镇东"叫名三岁"，其实只有一岁半。他不像城市里的小孩子一般怕陌生人。好久不到我家，一到就同我们熟识。雪姑母教他叫人，"娘舅！""舅妈！"他都会叫，而且叫时声音响亮，脸上带着笑容，非常可爱。雪姑母说他到别处去没有这样乖。姆妈说到底是外婆家，外婆家原同自家一样。爸爸却说："一半也是长在乡下的原故。乡下的环境比城市好得多呢。"他伸手捏捏镇东的小腿，又摸摸他的圆肥而带紫铜色的小脸，咬紧了牙齿说："你看！一股健康美！定要有这样的好体格，将来才能'镇东'呀！"又握他的小手，笑着对他说："将来你去'镇东'，不要忘记啊！"镇东吃吃地笑。

镇东在姆妈身上坐得不耐烦了，又开始要爬下来。爸爸退后几步，张开两臂蹲在地上，对姆妈说："不要给他爬，让他学学步看。来！你放他走过来。"姆妈扶他站定在地上，说着："镇东乖乖，走到娘舅那里去！"镇东高兴得很，看着爸爸笑，同时慢慢地摆稳他的步位来。姆妈一放手，他居然摇摇摆摆地跑到了爸爸的怀里。堂前一阵欢呼。爸爸立刻抱住他，站起身来，用手拍他的背。他把圆圆的小脸偎在爸爸的肩上，吃吃地笑，表示成功的欢喜。

这般可爱的光景，我们似觉曾在什么地方看见过，一时记不起来。正在回想，弟弟对我说了："姐姐，刚才的样子，活像华明房间里挂着那张画里的光景呢！不过不在野外而在屋里。"我恍然大悟，抢着说：
"不错，不错，米叶〔米勒〕的《初步》，叶心哥哥的画帖里也有一张
的。"弟弟说："我们要他再做一遍，教爸爸拍一张照，好不好？"我
说："好。"于是我们一同要求爸爸，爸爸立刻赞成，叫我就到楼上去
拿照相机。继又阻止我，踌躇地说："在什么地方照呢？先想好了'构
图'再说。"弟弟断然地说："到后墙圈里，篱笆外面，槐树底下，鸡
棚边，照出来就同那张画一样。"爸爸笑着点点头，就同我们去看地方。
这时候姆妈正摆好了糕茶盆子，请茂春姑夫、雪姑母和镇东吃茶点。弟
弟回头对镇东说："你多吃点糕糕，吃好了糕糕，我们同你拍照！"爸
爸叫我和弟弟二人装出人物的姿势来，从远处望望，又踌躇地说："米
叶的构图，我记得是很好的。不知人物怎样布置？可惜找不到那张画来
参考。"弟弟说："华明有，我去借。"拔起脚来就走。爸爸喊他不住，
让他去了。过了一会，弟弟气喘喘地夹了画框回来，后头跟着华明。华
明对爸爸说："柳先生！你们要照美术的《初步》？"我们大家笑起来。
弟弟教他："不是'美术'，是米叶！我们这里今天来了一个挨霞，《阳
光底下的房子》里的挨霞，你认识么？我们要照你这张画的样子给他拍
个照。"说着，把画框递给爸爸，就拉华明到屋里去看镇东。爸爸看了
那画，欢喜地对我说："没有这样巧的！我们的篱笆和树的位置，正同
画里一样。要算①那个鸡棚，恰巧代替了画里的小车。假如没有这个左
边太轻，构图就不稳了。好！我们完全模仿它。你去拿照相机吧。"

　　我拿了照相机回来时，茂春姑夫，雪姑母，镇东，华明，弟弟，和
姆妈，都已来到。爸爸叫弟弟逗着镇东玩耍，单请茂春姑夫和雪姑母先

①要算，作者家乡方言，意即：尤其值得一提的是。

来演习。他在镜箱后面的毛玻璃上仔细审察，校正他们的姿势和位置。确定之后，就叫我抱镇东到雪姑母身边去，叫她扶着。镇东，全不知道要被拍照，张着两只小臂，吃吃地笑，跃跃欲试，比前次更加高兴，样子也更加可爱了。雪姑母和茂春姑夫却拘束起来。雪姑母仓皇地叫："等一等照！我的衣装没有扯挺，我的头发恐怕蓬着呢！"爸爸说："还未照呢，现在先试做一遍看。真果要照时我会通知你们的！"于是大家放心，很自然地演习起来。雪姑母摆开步位，弯着腰，提着镇东的两腋，一面笑，一面说："团团走，团团走，走到爸爸去！"茂春姑夫跪下左膝，伸出一双大手，起劲地大喊："团团来，镇东来。"正在这时候，照相镜头上"的"地一响，爸爸叫道："好，好！照好了！"雪姑母呆了一会，后来说："上了你的当，我全然不得知呢！"爸爸笑着回答她道："不得知才好呢！得知了照出来一定不自然的。"说着就拿了照相机回进屋里去。我们大家留在墙圈里玩耍。我扶着镇东走路，弄皮球，捉猫，拾鸡蛋。弟弟却和华明两人坐在石凳上谈个不休。我听见华明说："'得知了照出来一定不自然'，倒是真的。他们起初的样子，一点也没神气。后来就活泼起来，活像我那幅画里的人了。"弟弟说："你那种月份牌的画，大都是不自然的，没有神气的，你为什么欢喜它们？"华明想了一会，点点头说："呃，倒是真的。"他拿起那画框来，看了一会，自言自语地说："这个好，这个好。"又说："你们不要用了？我带回去挂着吧。"说过，就夹了画框告辞。姆妈说快吃饭了，我们大家就回进屋里。

原载于《新少年》1936 年 3 月 10 日第 1 卷第 5 期

儿童节前夜

山芋版画

"唉！这可代替印刷机的呢！我们拿山芋来刻个花按，涂些墨，印在纸上，就同木版画一样！"弟弟听了很高兴，就拿吃剩的一块山芋要我刻。

儿童节的前一天，星期五，放学时，弟弟背了书包跳进门来，口里喊着："明天庆祝会！后天星期日！我要快活煞了！——姆妈！吃点东西！"不管三七廿一撞进姆妈怀里，把她手里的毛线针上的线纽撞脱了一大段。

姆妈皱着眉头笑道："哎呀，把你自己的毛线衫撞坏了！——'东西'，没有！'南北'要不要吃？"弟弟也笑着说道："'南北'我也要吃的。姆妈给我吃点'南北'！"同时把手张开了伸到姆妈下巴边。

姆妈仰起头避开他的手，一面修整了被他撞脱的线纽。然后起身说道："今天茂春姑夫来拿镇东的照片，送一篮山芋在这里。是他家老太太藏着的风干山芋，很甜的。同姐姐去削一个吃吃吧。"她把毛线衫搁在茶几上，走到里面，从长台下拖出一篮山芋来，拣一个圆肥的给了弟弟。弟弟捧着山芋向我走来，口里叫着："吃'南北'了！姐姐相帮我削'南北'！"大家笑起来。伏在书室里写字的爸爸也搁住笔笑了。

我在厢房里的桌子上铺一张报纸，把山芋皮削在报纸上。削好之后，剖作四块，先教弟弟拿两块去送爸爸姆妈吃。然后打扫桌子，和弟弟坐着，各用小刀把山芋切成小片，慢慢地吃。这真是好东西：不但味道又脆又甜，切出来的样子也好看，仿佛一块一块的白大理石。我切一块圆形的，在周围雕出十二个角，使成为青天白日之形。弟弟看了眼热，也切一块正方的，把四边刻脱些，成了一个卍字形。我说："你的卍是德国旗，废弃'洛迦诺条约'的希特拉（希特勒）的国旗，你为什么给他造国旗？"弟弟想了想说："我要打倒他！"就拿起山芋做的卍来，在桌子上拼命地拍。拍了一会，对着桌子上的水印惊奇地叫道："你看！许多卍纹图案！好看得很！"我向桌子上一看，果然打着许多卍纹的水印子，非常清楚。不知不觉地叫道："咦！这可代替印刷机的呢！我们拿山芋来刻个花按，涂些墨，印在纸上，就同木版画一样！"弟弟听了很高兴，就拿吃剩的一块山芋要我刻。我说："真个要刻，我们须得再去拣一个大的山芋来，可以刻得大些。这个你只管吃吧。"弟弟哪里有心再吃？他丢了吃剩的立刻跑到长台底下去拣山芋。不久捧了一个又长又大的山芋逃来，轻轻地笑道："姆妈没有看见！"我用刀把山芋直剖开来，其面积比我的手还大，很可以刻些花头。然而刻什么呢？正在同弟弟商量这个问题，只听见窗外有步声。回头一看，一个人影正在离开窗去。弟弟叫问"是谁"？就追了出去。我也伸首门外去看。原来那人影是华明，弟弟捉住他的臂，问："华明来玩！为什么张一张就回去？"华明红着脸说："你们在吃东西。我明天再来玩吧！"弟弟说："我们不是吃'东西'，是玩'南北'呀！很好玩的，正盼望你来一同玩！"华明被弄得莫名其妙，就被弟弟拉了进来。我把我们的印刷计划告诉华明。华明缩一缩鼻涕，兴味津津地说道："我爸爸前天到上海看了苏联木版画展览会来，据说他们的画都是用木头刻了，印刷在纸上的。他带了许多木版画来，我看有几幅很简单，只是几个黑影，倒也很像，很好看。我们可以刻刻'山芋版画'看！"我们就把刻什么的问题同华明商量。华明又缩一缩鼻涕，说："明天开儿童节庆祝会，我们刻一个儿童节的纪念物，自己印刷了，送给朋友，不很好么？"弟弟说："好！刻个贺片，恭贺儿童节，同恭贺新禧一样！"我说："儿童节送贺片不大好，还是刻个书签，倒可以永久保存。"大家赞成。弟弟就要我刻。我踌躇地说："要先画了，才好刻呢。"华明摸摸山芋的断面，连缩两缩鼻涕，说："这里有水，不好画；况且画了印出来是相反的。还是先画在薄纸上，把薄纸粘上去，照着了刻。印出来便是正的了。"我们都说"不错"。我就找一张薄纸，先画一个书签形的长方框子，然后考虑里面的图案。华明仰起头想了一会，说："画个儿童放风筝。风筝是向上的，表示进步。"我想了一想说："意思很好；不过风筝的线是斜的，我们这书签形式是狭长的，配不进去。我看，还是画个氢气球。氢气球也是向上的。"大家说好。我就画了。弟弟说："下面太空，画个猫儿吧，猫儿是可爱的！"我依他画了。华明说："总要有几个字才好。用阴文，刻在上边：'儿童节纪念'，也不很难刻。下面再刻'一九三六'四个字，表示它是今年印送的。"我们都赞成。薄纸儿上的底稿就描成了。正想粘上去刻，天色已黑，将近吃夜饭了。我们留华明在我家吃夜饭，吃过饭相帮刻，相帮印。华明不肯，说吃了夜饭就来，一溜烟去了。

我们没有吃完夜饭，华明已先来。我和弟弟大家少吃一碗饭，连忙漱了口走进厢房，看见华明已把底稿粘在山芋上，正在刻了。看他刻下去很松脆，非常有趣。弟弟同他夺来刻。画统被他们刻好了，剩下的文字要归我刻。我说："你们太便宜了！饶饶你们吧！"其实我觉得刻画太容易，还是刻文字有趣。越刻越有趣。不到一刻工夫，已经刻完了五个中国字，和四个数字。我似觉刻得不够，能得再刻几个才好。

怎样印刷呢？弟弟说用毛笔涂上蓝墨水，印在图画纸上。华明说："蓝墨水里羼些红墨水，变成紫的，颜色更华丽。印在淡黄色的厚纸上，黄和紫是很调和的。"我说："哪里去找这种纸？"他指点窗缘上说："我带来着。"打开一看，原来是华先生描色粉笔划用的淡黄色的厚纸。弟弟说："哼！你从你爸爸那里偷来的？"华明不理他，管自卷起衣袖调墨水，开始印刷，活像一个印刷工人。我们便做他的助手。印出来的很好看，比印着电影明星的书签好看得多。每印一张，弟弟喝一声彩。

"山芋版画"的印刷品铺满了厢房里的茶几上，椅子上，藤榻上，和地板上。数一数看，共有七十张。我们六年级里三十人，弟弟和华明的五年级里三十四人。每人分送一张，共需六十四张，还可选去六张坏的。时光已经不早，华明要回家了。但是"山芋版画"还没有干。我说："让它们铺着，明天一早我们带到学校里吧。"华明说："好。"临去时他又回转身来，选了一张较干的，说："让我先带一张去，给爸爸看看。……明天会！"

原载于《新少年》1936 年 4 月 10 日第 1 卷第 7 期

踏青

变化莫测的色彩

我说：「我们雕三个山芋版，一个印红，一个印黄，还有一个印蓝。只要把三色预先搭配好，就可印出八种颜色来。」华明恍然大悟。三人不约而同地爬下大树，踏着青草回去做印刷工了。

　　儿童节上午开过庆祝会，就放春假。这一天恰好是寒食，我同弟弟一路回家，但见人家檐下都插杨柳条。日丽风柔，杨柳条被映成了一串串的绿珠，排列在长街两旁，争向行人点头。我心中感到说不出的快乐。

　　吃过中饭，华明就来。他站在檐下张望，不走进来。大概是因为这几天他来得太勤，防恐我们讨厌他。我和弟弟便赶出去欢迎他。华明见了我们，笑着说："春假还只头一天呢！"三人相对而笑，不发一言。我又感到说不出的快乐。尤其是因为华明向来不爱美术，近来忽然热烈地爱好起来，天天和我们在一起玩，我们好像得了一个新交的好朋友。弟弟提议"到阳伞坟去"！大家赞成。三人一同出门。

　　阳伞坟是离市约一里路的一处好地方。那坟四周是广漠的平野和田，中央一株大树，树本身很粗，我们三人合抱不交。树枝很多，从一人头高的地方生起，接连地生到树顶，都是水平的，甚至向下的，全体好像一只大香蕈，又好像一把大阳伞。因此这坟就被称为阳伞坟。那些树枝好像阳伞的骨子，密层层地交叉着。无论甚样弱小的小学生，都可自由地攀登，一直登到树顶毫无害怕。这坟不知是谁家的，向来没有人干涉儿童们玩耍。这好像是天地给吾乡的儿童们设备着的一架运动具。我们这一天来得正好，大树上一个人也没有，专候我们去登。我们一直爬到树顶，各人拣一处有座位，有靠背，有踏脚，可以眺望，而又很安稳的地方坐了，一面看野景，一面谈闲话，我又感到说不出的快乐。

从树顶上俯瞰四野，都是金黄色的菜花田，青青的草地，火焰似的桃花，苍翠的乔木，罩着碧蓝的天空，映着金色的日光，好一片和平幸福的春景！远近几处坟墓，有人正在祭扫。红色的飘白纸在晴风中摇荡，与周围的绿色作成了强烈的对比，正同祭扫者的哀哭声与和平幸福的春景作成强烈的对比一样。我低声背诵爸爸昨夜教我读的古诗："乌啼雀噪昏乔木，清明寒食谁家哭。风吹旷野纸钱飞，古墓累累春草绿。棠梨花下白杨树，尽是死生离别处。冥漠重泉哭不闻，潇潇暮雨人归去。"背到最后两句，心头一阵寒惨，鼻子里一阵辛酸，眼睛里几乎滴下泪来，同时又感到一种说不出的快感。这感觉被华明和弟弟的对话打断了。

"好天气啊！"华明说。

"好色彩啊！"弟弟接着说。

"你晓得这里共有几种色彩？"华明问。

"三原色都有。诺：那桃花是红的，菜花是黄的，天是蓝的。红黄蓝三原色都有。"

"三间色有没有呢？"华明又问。

"也有：红黄成橙，那太阳光下的沙泥地便是。红蓝成紫，那田里的草子花便是。黄蓝成绿，随你要多少：那草地、树叶，都是绿的啊！"

"你们知道红黄蓝三原色都配拢来是什么？"我插进去问。

"黑，黑，黑！"华明抢着回答。

"黑也有：那个树干！"弟弟补足了。

"那末，红黄蓝三原色都不用呢？"我又问。

"……"他们大家茫然了一会。

"那是没有颜色了。还有什么呢？"华明自言自语地说。

"不是没有颜色，是白！"我说明了，他们都笑起来。

"白也有：那白云，那祭扫的女人的衣装。"弟弟说过后屈指计数："红，黄，蓝，橙，紫，绿，黑，白，"又感动似的叫道："真妙！三种颜色会化出八种来。"又兴奋地提议："我们用山芋雕刻了，印三色版，好不好？"我想一想，这确是容易而且有趣的玩儿，就赞成。华明还不解其方法，要我说明。我说："我们雕三个山芋版，一个印红，一个印黄，还有一个印蓝。只要把三色预先搭配好，就可印出八种颜色来。"华明恍然大悟。三人不约而同地爬下大树，踏着青草回去做印刷工了。

回到家里，走进厢房间，他们就要我计划印三色版的办法。我想：要用红黄蓝三个版子印出八种颜色来，非先打个画稿不可。就拿出铅笔，画纸，和水彩颜料来，问弟弟和华明："你们想想看！什么景物有八种颜色？要容易，又要好看。"弟弟说："就画今天所见的光景，不是八种颜色都有了么？"我说："这个很复杂，太难刻了。"华明挺起眼睛想了一会，说："画一瓶花，花瓣，花叶，花瓶，和桌子上的布，都可自由配色，而且也容易刻。"我觉得很对，先画三朵花，一红，一黄，一橙，再画一丛绿叶。这样，红、黄、橙、绿四色已经有了。还有蓝、紫、白、黑四色要设法搭配。弟弟说："蓝花瓶紫桌毯，白背景。可惜黑没有地方用。"华明说："黑的围在四周，当作画框。"我想这办法很好：用黑作画框，三块山芋版的外廓一样大小，套印起来就容易正确了。就决定这样画了。画好了彩图，拿出三张薄纸来。先用第一张薄纸贴在图上，把含有红色的部分（红、紫、橙、黑）用铅笔勾出。次用第二张薄纸贴在图上，把含有黄色的部分（黄、橙、绿、黑）用铅笔勾出。最后用第三张薄纸贴在图上，把含有蓝色的部分（蓝、紫、绿、黑）用铅笔勾出。然后叫弟弟到长台底去偷一个大山芋来，切成同样大的三块版子，把薄纸分别贴上，由三人分任雕刻。华明拣了最容易刻的红版。弟弟刻的黄版也简单。我刻的蓝版比较的最复杂，但刻起来也最有兴味。不久大家刻好了。我们安排三只小瓷盆，把水彩颜料里的三原色分别溶化在小瓷盆里。再洗净三支旧笔，当作涂色的刷子。再找些中国纸，裁成比版子略大的十多张，就开始印刷了。先印最淡的黄色版。等它干了，再盖上红色版。红色版干了，最后盖上蓝色版。蓝色版下每逢印出一张，大家喝一声"好！"

印好十多张，天色已经晚了。华明拣了一张较干燥的藏在袋里，对我们说："我要回家了。这张带去给我爸爸看。明天会吧。"

我和弟弟想留他在这里一同吃夜饭，最好一同宿在这里。但是"家庭"这一种区分硬把我们隔离了，我们只得让他回去。

原载于《新少年》1936 年 4 月 25 日第 1 卷第 8 期

远足

神奇的『远近法』

随后就有人自言自语地说：『这的确奇怪。为什么电线木一根一根短起来？那些电线近处的都很直，为什么远处的都弯曲呢？』陈金明说：『你们都忘记了么？这叫做「远近法」，华先生上图画课时讲过的……』

劳动节前一天早操毕，校长先生叫四年级以下的小朋友先退出操场，说有话要对五六年级的同学说。他穿着一身坚固的中山装，爬上司令台，立正。五月的朝阳照在他的秃头上，发出光来，全体好像一支点着的蜡烛。我们的队伍里有好几处发出吃吃的笑声来。幸而他没有听见，管自说话了：

"明天，五月一日，是劳动节。你们知道劳动节的来历么：千八百八十六年，正好距今五十年前，美国芝加哥地方有许多工人，为了终日像牛马般力作，生活太苦痛，故集合团体，要求当局改良劳工生活，每日工作以八小时为限。当局非但不允许，并且杀死了许多工人。三年之后，千八百八十九年，世界各国的人大家同情于这些为要求改良劳工生活而被杀死的人，就议决以这一天为国际劳动纪念节，全世界的人年年纪念它。每日工作八小时的制度，在中国还少有实行。有许多地方的劳工，还是像他们所谓'从鸟叫做到鬼叫'的。我们倘希望这制度在全世界实行，须得大家纪念这日子。纪念这日子，须得有点表示。去年劳动节，五六年生整理操场。今年换个办法，大家去远足。多走些路，可以知道劳动的辛苦，带便也可以出去领略自然界教科。"

说到这里，一只大蜻蜓飞来，在校长先生的头上绕几个圈子，就停在他那光秃秃的脑门上了。校长先生伸手把它赶走。它飞到冬青树旁一转，立刻又飞回来，仍旧停在他的秃头上。台下六七十人一齐笑起来。校长先生也笑，一面再赶，一面继续说：

"远足的目的地，是火车站。明天早晨七点钟，大家到校，一同出发。二十里路，大约十点钟可以走到。吴先生家就在那里，我们请吴先生今天回家，为我们设法备午饭。在那里吃过午饭再走回校。路上应带的东西，像标本箱，旅行袋，速写簿等，大家今天先预备好，明天早上带了到校。现在大家去上课吧。"

散出操场时，人声很嘈杂。有的讨论到火车站的路径，有的商量携带的东西。这一天我们的身儿虽在教室中上课，心儿早在向火车站的大路上。

次日早上，我们五六年级一大队学生，果在晨曦中的大路上浩浩荡荡地前进了。离市已远，校长先生叫我们散队，自由行走，可以观赏沿途的风景，采集道旁的花草。因此华明和弟弟，又与我联在一起。同学们因见我们三人近来常在一起看画，印画，给我们取个绰号，叫做"三大美术家"。这时候最多嘴的陈金明就说："今天三大美术家可以研究风景美了。前面的风景好不好？请你研究研究看。"华明装腔作势地说："好，让我这大美术家先来研究。"他用两手打个圈子，从圈子里探望前面的风景，继续说道："很好！可惜路旁的电线木根一根地短起来，而且电线都是弯曲的。"他说了这句话，大家忽然静起来，改变了以前玩笑的态度，各自观察且沉思。随后就有人自言自语地说："这的确奇怪。为什么电线木一根一根短起来？那些电线近处的都很直，为什么远处的都弯曲呢？"陈金明说："你们都忘记了么？这叫做'远近法'，华先生上图画课时讲过的。他曾经把这样的话写在黑板上。我现在背给你们听：'眼睛直出的一点，叫做"消点"。向前并列的东西，都集中于消点。比眼睛高的东西越远越低。比眼睛低的东西越远越高。'现在电线木的上端比眼睛高，越远越低；下端比眼睛低，越远越高。所以远处的电线木一根一根地短起来。"许多人接上去问："那么为什么远处的电线弯曲呢？"陈金明不能回答。我笑着说："大家热心地研究风景美，大家是大美术家了！让我这大美术家来解释这问题吧。远近法里还有一个定规：'同样大的东西，越远越小；同样长的距离，越远越短。'电线木的距离，实际是同样长的，但看去越远越短。电线虽然张得很紧，但因有重量，中央总要弯下去。距离愈长，这弯下的愈看不出；距离愈短，这弯下的就愈显明了。所以远处的电线都很弯曲。"华明接着说："不错，不错！譬如画一根一尺长的直线，中央弯下一分看不出，画一根一寸长的直线，中央弯下一分就很显明了。"我们一边走，一边谈，从远近法谈起，搭联地谈到种种问题。不觉火车站已在望了。

吾乡虽然离火车站只有廿里，同学中还有不曾见过火车的人。火车来了，有许多人看得发呆。火车去了，我站在铁路中央对同学们说："你们看，铁路是证明远近法的最好的东西。这两条铁轨，实际是始终同样距离的，但看去渐渐兜拢来，终于相交在一点。这些枕木，实际也是同样距离排列着的，但看去越远越密，终于互相重叠。"同学们都来看，没有看见过铁路的人又看得发呆了。吴先生早在车站等候我们。领导我们在车站附近玩了一会，就邀我们去吃午饭。他家一间大厅上，备着八桌饭菜。我们吃的时候，大厅后面的屏门里有许多女人小孩的头，在那里窥探。仿佛我们正在吃喜酒，有新郎新娘在我们里头似的。

饭后又往市镇里参观了许多地方。三点过后方才排队回去。五月的夕阳在我们背后放出黄金色的光线，一路护送我们回家。我们各人踏着愈踏愈长的自己的影子向前迈进，大家背脊上湿透了汗。走到校门口已近黄昏，大家不再进校，各自散归了。我从来没有走过这许多路，觉得非常疲劳。浑身是汗，更觉难过。校长先生的话真不错："多走些路，可以知道劳动的辛苦。"以前我看见车夫，轿夫，背纤的人，全不晓得他们的苦处。现在想来，他们大约是天天同我现在一样疲劳，天天同我现在一样浑身是汗的。

回到家里，看见桌上放着一个邮件。打开一看，两块厚纸夹着一张画。画的左右题着两行字："荷兰画家霍裴马〔霍贝玛〕（Hobbema）作《并树道》。""叶心购赠逢春妹、如金弟惠存。"原来这是叶心哥哥从县立中学寄送我们的。常常受他的美术的赠品，很是感谢。细看那画，更觉欢喜。这里画的一条路实际所占的纸面极少，不到一寸高，然而望去非常深远，足有好几里路，跑得正疲倦的我看了觉得害怕。远处的树在纸面上所占的长度只抵近处的树的二十分之一；然而望去同近处的树一样高大。我今天远足中从电线木和铁路研究远近法，很有趣味；远足回来又收到这幅远近法巧妙的名画，愈加欢喜了。先把这名画拿到楼上去收藏了，然后下楼来洗浴。

原载于《新少年》1936 年 5 月 10 日第 1 卷第 9 期

花纸儿

色彩的文雅与华丽

这到底算戏剧，还是算绘画？总之这些画全靠有着红红绿绿的颜色，使人一见似觉华丽。倘没有了颜色，我看比我们的练习画还不如呢。华明如此欢喜它们，我真不懂。

华明在庭中的雪地里小便，他父亲——华先生——罚他在家里读书。弟弟同情于华明的受罚，早就对我说，想和我一同去望望他。但他因为那天冒雪到外婆家走了一趟，得了重伤风，母亲不许他出门。今天他好全了，才同我去看华明。

我们出门时，母亲吩咐我说："逢春，今天是阴历元旦。虽然阴历已被废了①，但我们乡下旧习未除。倘使华先生家正在招待贺年的客人，你们应该早早告辞，不要也在那里扰闹他们。"我答应了，就同弟弟出门。

弟弟不走近路，却走庙弄，穿过元帅庙，绕道向华家。我知道他想看看阴历元旦市上的热闹。我们穿过庙弄时，看见许多店都关门，门前摆着些吃食担、花纸摊、玩具摊。路上挤着许多穿新衣服的乡下人，男女老幼都有。他们一面推着背慢慢地走，一面仰头看摊上的花样。我但见红红绿绿的衣裳，和红红绿绿的花纸玩具一样刺目。觉得真是

———————
① 当时曾一度废除阴历，提倡阳历。

难得见到的景象。到了庙里，又见一堆一堆的人，有的在看戏法，有的在看"洋画"。弟弟奇怪起来，问我："他们这种事体，为什么不提早一个多月，在国历元旦举行？难道这种事体一定要在今天做的？"我说："'旧习未除'，母亲刚才不是说过的么？"弟弟凶起来："什么叫'旧习'？都是人做的事，人自己要改早，有什么困难？"我不同他辩了。心中但想：倘使中国的人个个同弟弟一样勇敢而守规律，我们的国耻不难立刻雪尽，我们的失地不难立刻收回，何况阴历改阳历这点小事呢？眼前这许多大人，我想都是从弟弟一样的孩子长大来的；为什么大家都顽固而不守规律呢？心中觉得很奇怪。一边想，一边走，不觉已到了华家的门前。

走进门，华师母笑着迎接我们，叫我们坐。随后喊道："明儿！你的好朋友来了！"华明从内室出来，见了我们，便笑着邀我们到里面去坐。他的下唇上涂着许多黑墨，证明他今天早上已经习过字了。我们走进他的房间，弟弟便问："华明，你这样用功，一早就写字？"华明摇摇头，管自说道："你们来得很好，我气闷得很，正想有朋友来谈谈。"就拉我们到他的书桌旁去坐，自己却匆匆地出去了。我看见他的房间小而精。除桌椅和书橱外，壁上妥帖地挂着两张画，和一条字的横幅。其中一幅画是印刷的西洋画，我记得曾在叶心哥哥的画册中看见过，是法国画家米叶〔米勒〕作的《初步》，里面画着农家的父母二人正在教一孩子学步。还有一幅水彩画的雪景，我看出是华先生所描的。横幅中写着笔划很粗的四个字："美以润心。"旁边还有些小字。我正在同弟弟鉴赏，华明端了茶和糖果进来，随手将门关上然后把茶和糖果分送我们吃。

使我惊奇的是，他的门背后挂着一张时装美女月份牌——华先生所最不欢喜的东西。这东西与其他的字画很不调和。弟弟就质问华明。华明高兴地说："你看这月份牌多么漂亮！可是我的爸爸不欢喜它，不许我挂。他强迫我挂这些我所不欢喜的东西（他用手指点壁上的《初步》《雪景》和《美以润心》），于是我只得把它挂在门背后，不让他看见。我还有好的挂在橱门背后呢！"他说着就立起身来，走到书橱边，把橱门一开。我们看见橱门背后也挂着一张月份牌，内中画的是一个古装美人，色彩是非常华丽的。弟弟说："你老是欢喜这种华丽的东西。"华明说："华丽不是很好的么？把这个同墙上的东西比一比看，这个好看得多呢。我爸爸的话，我实在不赞成。他老是欢喜那种粗率的，糊里糊涂的画，破碎的，歪来歪去的字，和一点也不好看的风景，我真不懂。那一天，我在雪地里小便了一下，他就大骂我，说什么'不爱自然美'，'没有美的修养'，'白白地学了美术科'……，后来要我在寒假里每天写大字，并且叫姆妈到你家借书来罚我看。我那天的行为，自己也知道不对。但我心里想，雪有什么可爱？冰冷的，潮湿的，又不是可吃的米粉？何必这样严重地骂我，又罚我。我天天写字，很没趣。字只要看得清楚就好，何必费许多时间练习？至于那本书，《阳光底下的房子》，我也看不出什么兴味来，不过每天勉强读几页。"于是我问他："那么你这几天住在屋里做些什么呢？"他说："我今天正在算一个问题。这是很有兴味的一个问题。你知道：一个个地加上去，加满一个十三档算盘，需要多少时光？"

我们想了一会，都说不出答案来。最后弟弟说："怕要好几个月吧？"他说："好几个月？要好几万年呢！这不是一个很有兴味的问题么？"他忽然改变了口气，说："我还有很好看的画呢！"说着，掀起他的桌毯，抽开抽斗，拿出一卷花纸儿来。一张一张地给我们看，同时说："这是昨夜才买来的。我爸爸又不欢喜它们，所以我把它们藏在抽斗里。"

我们一看就知道这就是刚才我们在庙弄里所见的东西。因为难得看见，我们也觉得很有兴味。华明便津津有味地指点给我们看。他所买的花纸儿很多。有《三百六十行》《吸鸦片》《杀子报》《马浪荡》等，都是连续画，把一个故事分作数幕，每幕画一幅，顺次展进，好像电影一般。还有满幅画一出戏剧的，什么《水战芦花荡》《会审玉堂春》等，统是戏台上的光景。我看了前者觉得可笑。因为人物的姿态，大都描得奇形怪状。看了后者觉得奇怪。许多人手拿桨儿跟着一个大将站在地上，算是"水战"，完全是舞台上的光景的照样描写。这到底算戏剧，还是算绘画？总之这些画全靠有着红红绿绿的颜色，使人一见似觉华丽。倘没有了颜色，我看比我们的练习画还不如呢。华明如此欢喜它们，我真不懂。弟弟看了，笑得说不出话来。华明以为他欢喜它们，就说送他几张，教弟弟自选。弟弟推辞，华明强请。我说："既然你客气，我代他选一张吧。"便把没有大红大绿而颜色文雅的一张拿了。华明说："这是《二十四孝图》，共有两张呢。"就另外检出一张来，一同送给我。这时候，我听见外室有客人来，华师母正在应接。我和弟弟便起身告辞。华明说抽斗里还有许多香烟牌子，要我们看了去。我们说下次再看吧。

回到家里，母亲把《二十四孝图》中的故事一个一个讲给我们听。我觉得故事很好笑。像"陆绩怀橘遗亲"，做了贼偷东西来给爷娘吃，也算是孝顺？母亲又指出三幅最可笑的图："郭巨为母埋儿""王祥卧冰得鲤""吴猛恣蚊饱血"。她说："陆绩为了孝而做贼，还在其次呢。像郭巨为了孝而杀人；王祥为了孝，不顾自己冻死，溺死；吴猛为了孝，不顾自己被蚊子咬死，才真是发疯了。"弟弟指着画图说："这许多蚊子叮在身上，吴猛一定要生疟疾和传染病而死了！"母亲笑得抚他的肩，说道："你大起来不要这样孝顺我吧！"我记得弟弟那天读了《新少年》创刊号的《文章展览》中的《背影》①，很是感动，对我说："姐姐，我们将来切不要'聪明过分'！"我知道弟弟一定孝亲，但一定不是二十四孝中的人。

讲起华明，母亲说这个孩子太缺乏趣味，对于美术全然不懂。他的父亲倒是很好的美术教师，将来也许会感化他。

原载于《新少年》1936 年 2 月 10 日第 1 卷第 3 期

---

① 《背影》是现代散文家、诗人朱自清的一篇散文。

新同学

他（爸爸）又是老调，用人的脸孔来比方文字的神气，由此说明美术的构成……不料新学生和老学生相对立着行相见礼时，我看见了数百只陌生的脸孔并列着，或方或圆，或长或扁，或凶或善，或忧或喜，真同一篇不识得的文字一样，我方才知道爸爸的话有道理。

　　阿四挑着行李前面走，我和姆妈后面跟。走到汽车站时，宋丽金和她的爸爸已在站上等候我们。姆妈就同宋家伯伯谈话：

　　"宋先生，你们早！"

　　"呃，我们也到得不久，柳师母。天气倒很好呢。"

　　"嗳，早上倒很凉快。我们的逢春要托你照应了。她爸爸本来也要亲自送她上学。因为播音讲演约定了日期，不便改变，管自到南京去了。我又不惯出门。昨天听说你要送你家丽金小姐到城，就叫阿四来相托，把逢春一道带去。路上要你费心照顾，真是对不起得很！这是她的学费，一发托你代缴了。"

　　"便的，便的，你放心。我送她们进宿舍，一切安顿好，然后回来，你放心是了。她们两人从小同学同班，如今又是同学同班，再好勿有！我们的丽金不聪明，全靠同逢春小姐做伴，得益不少。这回四百人投考，取五十名，逢春小姐考取第一，真是了不得！丽金总算侥幸取了。"

以后还要时时托她领导呢！"

"说哪里的话？逢春这孩子一点也管事不来，衣服脏了不晓得洗，鞋子破了不晓得换。成日家在屋里，只晓得同她弟弟玩耍，哪里及得上丽金小姐这般能干？这回送她进校住宿，我本来放不开。他爸爸说要她练习，不练习永远不会管事，话也不错，我硬着心肠放她去了。幸而有丽金小姐做伴，使我放心得多。"

"你只管放心，学校里管理得很好，况且许多同学，熟识了之后都是好朋友，互相照顾的。"宋家伯伯说到这里，汽车来了。站役抢劫似的把我和宋丽金的行李搬到车顶上去。我们三人走到车厢拣位子坐下了。我坐在靠窗的位子里，姆妈立在窗外的地上，仰起了头看我的脸孔；阿四扶着扁担站在她的后面，仰起了头看汽车的各部。姆妈对我说："逢春，到了校里写个信来……"她的喉中好像有物梗住，不能再说下去。我应了一声"嗄"之后，忽觉心绪混乱，也不能再说下去了。宋家伯伯看出了我们两人的意思，从中插口对姆妈说："柳师母明天会！我明天上午就来给你回音，你放心！"姆妈未及答应，汽车已经开了。我就像姆妈怀里放出来的一只鹞子，带着一根无形的线，向远处飞扬去了。

这一天所见的都新鲜。这样大的操场，这样广的膳厅，这样整齐的床铺，还有这样多的同学，在我当时看来全同陌路人一样。宋家伯伯真好，亲自为我打床铺，找座位。安顿好之后又匆匆地出校，买了两包薄荷糕回来，给宋丽金和我各人一包。又叮嘱我们一番，然后回去。我和宋丽金本来不很亲近，这时候却相依为命了。因为自从宋家伯伯去后，除了在宿舍门口看见叶心哥一面以外，我们两人举目无亲，所见的全是素不相识的奇奇怪怪的脸孔。晚快，听见许多老学生喊着"听播音演讲"，大家走向纪念厅去。我同宋丽金也跟去。但听见收音机中有一个大喉咙正在喊："我们中国的文字，同人的脸孔一样，每个字有一种相貌，喜、怒、哀、乐……"其声音粗大而发沙但又很稔熟。忽然记起了这是爸爸的演讲，我觉得很稀奇，同时又很欢慰。我想对收音机说："爸爸，我在这里听你讲呀！这些话你在家里常常说的，我已经听厌了！"但是没有说，即使说了他也不会听见。听讲毕，就吃晚饭。饭后我和宋丽金散步了一会，就去睡觉。这晚我做了许多奇奇怪怪的梦。

第二日上午行始业式，领书籍用品，抄课程表。要明天开始上课，今天下午无事，我写了两封信。一封给姆妈，把别后一切情形告诉她，请她放心。又附一封很长的信给弟弟：

"弟弟：我到校后很好。一切情形，请你看我给姆妈的信便知。现在我有一件有趣的事告诉你：昨天下午我在校里听爸爸播音演讲。他又是老调，用人的脸孔来比方文字的神气，由此说明美术的构成。这些话我听惯了，当时也不觉得有趣。不料今天上午开始业式，新学生和老学生相对立着行相见礼时，我看见了数百只陌生的脸孔并列着，或方或圆，或长或扁，或凶或善，或忧或喜，真同一篇不识得的文字一样，我方才知道爸爸的话有道理。当时我研究这数百只陌生的脸孔，又想起了爸爸以前所说的话：'年轻人的眼睛必生在头部正中的横线上。幼童的眼睛比正中横线低，老人的眼睛比正中的横线高'（请看附图）。这规则果然很对：我们的同学大多数是年轻人，眼睛都生在正中；只有少数年幼的同学，眼睛下面的地方比上面的地方小；还有几位年老的先生同他们相反，眼睛下面的部分比上面的部分长得多。然而除了这条规则以外，五官的形状和位置，变化非常复杂，竟找不出别的定规来。只有头的外廓的形状，被我找出了一种定规：头由上下两部合成，以眼线为分界。上部的形状有四种，下部的形状也有四种，都是半圆形，长方形，三角形，和梯形。四种形状交互错综地配合起来，成为四四十六种头形。但这是限于男子的。在女子，因为上部养着很厚的头发，都作半圆形，没有多大差别，故只得四种（请看附图）。你到学校时，也可留心看看同学们的头，是否合于我这规则？但据我的经验，熟识的人的脸的特点，不容易看出。我这回所见的都是素不相识的新同学，所以容易发现。但你倘能假定同学们为素不相识的人而观察，也不难看出。我再把爸爸的播音演讲中很有趣的段话告诉你：他说古时有两个人要去见官，官身旁的人善用文字比方人的相貌，预先告诉这官说，一个人的脸孔像'西'字，一个人的脸孔像'舊'字。这两个人一到，官见了哈哈大笑，弄得两人莫名其妙。原来一个人的头中部庞大（如图中第九而更扁），面带笑容，很像'西'字；另一个人的头长方（如图中第一而更长）；牙齿露出，满面皱纹，很像'舊'字。用文字比方人的面孔，的确很有趣。今天上午我看见这里的校长先生，眼睛发凹而连成一线，鼻子很直，右面有一条很深的皱纹，与扁平的嘴巴相连。我觉得他的面孔像一个宋体的'置'字。还有一位训育主任，眼睛倒挂而鼻头大得厉害，望去只看见眼睛和鼻头，我觉得像个'公'字。将来我倘得到他们的照片，一定寄给你看。以后你倘有有趣的事，也要写信告诉我。你的姐姐逢春，八月廿六日下午五时。"

原载于《新少年》1936年8月25日第2卷第4期

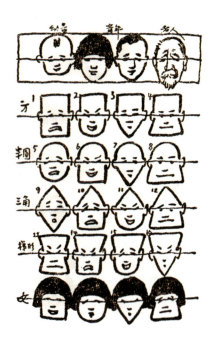

展览会

看不懂的画

『他的画派叫做「表现派」最近西洋新派画中最有名的一派。……但是看得懂的人极少。我也看不懂。因为他们所描的，都是自己个人心中的感想，或者心目中的幻影。……一起描在画里，就成为刚才所见的样子，这叫做「表现派」。』

双十节早上开会，校长先生训话。大意说："国庆好比月亮，国难好比乌云。要使月亮鲜明，必须除去乌云。"我听了觉得一则以喜，一则以惧。散会后，男同学中有一个最会吵的冯士英，对大家说道："今天我们大家应该如此。"说着就装个鬼脸，上部颦蹙眉头，下部张开笑口，样子很是尴尬。另外一个名叫李成的，接着说道："不，今天我们大家应该如此。"也装个鬼脸，上部眉开眼笑，下部撅起嘴唇，样子尤加难看。这引得许多同学大笑起来。我们不应该这样开玩笑。但这两位同学所装的鬼脸，倒颇能象征今日的我的心。

走过揭示处，看见国庆放假一天的条子旁边，贴着一张展览会的广告，上面写着"文美社第一次展览会"九个大字，下面写着"日期：双十节起共三天。每日上午九时至下午五时。地点：民众教育馆楼上"。末后又写着"无券入场，欢迎参观"八个字。宋丽金对我说："看展览会去！"我说："好的，最好我们去邀秦先生同去，可以请她教教我们画的看法，不知她肯不肯的。"宋丽金在小学时，和我并不亲近，也不欢喜美术。自进中学之后，因为我们是同乡，又是小学时代的同学，况且初入校时举目无亲，两人相依为命，所以忽然亲爱起来。于是我们两人的趣味也互相影响；我不懂得管理衣着，而她欢喜整理服装，如今使我也欢喜整理服装了。她不懂得描图画，而我欢喜研究美术，如今使她也欢喜研究美术了。这时候她听见我提出邀秦先生同去，非常高兴，就拉了我穿过网球场，走进教师宿舍去邀秦先生。

秦先生穿着一身黑衣服，戴着一顶白帽子，手里拿着一只黑色的小皮箧，正要出门，见我们来，就立定了。我问："秦先生到哪里去？"她说："我想去看展览会，没有伴侣，你们能同去么？"我和宋丽金同声地惊叫起来，把秦先生吓退了一步，她仓皇地问我们："什么了？什么了？"我立刻告诉她，我们本想邀她同去，因为彼此偶然暗合，欢喜之余不觉惊叫。秦先生也笑起来，就拉我们一同出门。这一天天高气爽，青天白日满地红的旗子招展在晴秋的骄阳之中，色彩异常鲜丽，气象异常雄浑，我不相信这旗子不能抵抗国难的压迫的。

展览会场门前挂着一条很长很长的白布，布上写着九个图案字："文美社第一次展览会"。我们走进门，各自在参观簿上签了名，又索得一张作品目录，然后上楼去参观。楼上的陈列处共分两部，第一部是中国画，第二部是西洋画。我们先看中国画之部。走进房间，但见四壁都是中堂，立幅，屏条，不知从哪一张看起。秦先生按照目录，一幅一幅地顺次看过去。我们跟了她做。秦先生每逢看到大幅的画，必向后倒退几步。我们也跟了她倒退几步，但两人相顾而笑，不懂得这是什么意思。后来我恍然觉悟：画面广大的，必须隔开相当的距离，方才看见全部。若距离太近，只见画的局部，便无从鉴赏。我就轻轻地把这道理告诉宋丽金，不期被秦先生听到了，她教我们："看画，须将画放在视线的六十度角内方能同时看到画的全部，方能看出画的神气。所以小的画可以近看，大的画必须远看。"这时候恰好又来一幅大画，宋丽金急忙向后退，动作太快，不期踏了后面一位老翁的脚跟，又背面冲突了一下。老翁叫起来。宋丽金涨红了脸孔向他道歉，我们都笑，老翁也笑了。

　　中国画之部虽然作品很多，但我觉得画法大同小异，有几幅山水竟是千篇一律，没有什么特色的。所以没有看完，我们就感觉厌倦。宋丽金偷眼研究几位女参观者的服装，也已心不在画了。好容易秦先生看完了中国画，我们跟了她走进西洋画之部去。

　　这一部中，花样比前者复杂得多：有油画，有水彩画，有木炭画，有木版画；有比中堂更大的，有比扇面更小的；式样繁多，鲜艳夺目。我们跟了秦先生逐幅观赏，觉得比看中国画兴味更浓。秦先生亦常常为我们说明："这一幅是印象派的"，"这一幅是想象出来的"，"这一幅是刻了木版印刷出来的"……又轻轻地告诉我们，哪一幅好，哪一幅坏，好在哪里，坏在哪里。我听了很是有味，宋丽金性急，往往不耐细听，先向前走。

　　忽然她惊叫着走回来，对秦先生说："那边一幅可怕的画，我被它吓死了！"秦先生和我跟着她去看，看了果然可怕，又很可笑。一幅大油画：画的右边描着半个绿色的人头，左边描着一个牛头，牛的脸上描着一只小母牛，小母牛旁边坐着一个女人，正榨牛奶。画的上边描着许多房子，有的房子倒置，屋脊生在地上。有的房子里面描着一个很大的人头。房子前面描着一男人和一女人，男人走着，女人倒立着。画的下边描着半只手，食指上戴着戒指，食指和大指间捏着一枝奇异的花果。此外还有种种奇形怪状的东西，总之，全画面稀奇古怪，颠倒谬乱，好像顽童们的恶戏，不知为什么陈列在这展览会里？我们连声向秦先生质问，立等她的解答。但她也只管笑，没有回答。后来对我们说："这是一种新派画，原是一种奇怪的画法，大家看不懂的。"宋丽金更奇怪了，反问道："既然大家看不懂，陈列在这里做什么呢？"秦先生说："等一会告诉你们。"后来我们走出展览会场，在路上，秦先生告诉我们这样的话：

　　"这幅画是一个俄罗斯人画的，其人名叫夏格〔夏加尔〕（Marc Chagall，1890 [①] —1985），现在他是一位四五十岁的中年人。他的画派叫做'表现派'，最近西洋新派画中最有名的一派。这一幅是表现派中的名作，所以中国人临摹了，来展览给中国人看，使我们大家知道世间有这样的一种绘画。但是看得懂的人极少。我也看不懂。因为他们所描的，都是自己个人心中的感想，或者心目中的幻影。他们的主张，以为描画不必描写外界的状态，应该描写我们看见一种状态时心目中所起的感想。这画家眺望他自己所住的村，眼睛看见外界的状态，同时心内浮起人物房屋花果等现象来。把这外界的状态和内界的状态一起描在画里，就成为刚才所见的样子，这叫做'表现派'。此外还有奇怪的画派：有的把过去现在未来的状态一齐描出。譬如描

---

① 生年应为 1887。

一只正在跑的马，就描几十只脚；描一个正在弹琴的人，就描好几只手。这叫做'未来派'。有的把物体的形状分裂为种种几何形体，重新组织起来，使人看了不知道所描的是什么东西。这叫做'立体派'。然而这种画，都是极少数人所赞成的，在我们看来只是一种游戏。约二十年前，这些画在欧洲各国相当地流行。但现在已经没人提倡。他们把这画陈列在展览会里，可使我们知道西洋曾经有过这样的一种怪画，其意思也是好的。"我们一边听秦先生讲，一边走路，不觉已经走到校门口。望见青天白日满地红的大旗招展在晴秋的骄阳之中，我的心又从新派画回到了双十节。

原载于《新少年》1936 年 10 月 10 日第 2 卷第 7 期

寄寒衣

两脚规和花纹

这种画（用器具画的图案画）有规则，很呆板；只要细心，谁都会描。反之，像那种写生画，没有一定的规则，而美恶显然不同，这才是美术上的难事，光是细心没有用了。

"姐姐：

"你的新棉袄已经做好，现在托宋家伯伯带上，请你查收。姆妈叫我写信对你说：这件棉袄虽是丝绵的，但是很薄，现在就可穿了。童子军露营的时候不可不穿。因为我们生在产丝绵的地方，从小穿惯丝绵，严冬穿棉花要伤风，尤其是露营的夜里，姆妈怕厚了穿在童子军装里面太臃肿，所以翻得特别薄，而且裁得特别小，包你穿了不变大胖子。叫你切不可把棉袄藏在箱子里，而只管挨冻。

"关于你的棉袄，我还有一点话对你说：这种衣料叫做'梅萼呢'，是我同姆妈两人去买的。那天庙弄口新开绸缎店，我同姆妈去剪衣料。剪你的棉袄料时，妈叫我选。我看见他们橱窗里的衣料颜色和花样很多，实在无从选起。后来我一想，你是欢喜纯青灰色的，选了一种没有花纹的'标准布'，但是姆妈不赞成，大姑娘家不宜穿得这么素净；青灰不妨，但总要有些花的。就叫我另选'梅萼呢'，我一看，都是很华丽的。只有一种曲线格子的，最为雅观，就选中了它。姆妈不赞成，一定要换一种梅花的。我说：'用这种布做了姐姐一定不要穿，露营回来一定重伤风。'姆妈这才成，剪了我所选定的曲线格子的'梅萼呢'。拿回家给爸爸看，他说花纹很好。我很欢喜。仔细一看，果然很好。这种曲线格子不知怎样画的。横线和直线都是浪形，而且相交叉的地方处处一律，毫没一点参差。用铅笔在纸上画画看，无论如何也画不正确。去问爸爸，爸爸说：'这是图案画，要用器具画的。'我再问用什么器具，他说：'图画仪器！将来我去寻出来教你画。'说了就衔着香烟踱开去。我不再问他。第二天到校，我问华先生，在黑板上把浪纹格子画给他看，问他怎样可以画得正确。他说：'这要用两脚规画，很难很难，但你们现在不必学这种画。'我也不再问他。后来我把这事对华明说了。第二天华明到他爸爸——华先生——的抽屉里偷出一只两脚规来给我看。我玩玩看，很有趣味。旋一旋，一个圆圈；旋一旋，一个圆圈。用手来描，无论如何描不这样正确。但是你的棉袄上的浪纹格子，用这家伙怎样描得出呢？我想不出，华明也想不出。华明去问他爸爸，他爸爸回答他的话，同我爸爸回答我的话一样搪塞。我不懂得这种浪纹格子的画法，很不舒服，好像有一件事没有做完，常常挂在心头。华明笑我：'你不晓得的事多得很呢：飞机怎样造，高射炮怎样打，矿怎样开……天下的事，哪里知道得许多呢？'然而我不相信他的话。因为我想，这不过是一种画法，不是那么重大的事。我的要求，不算过分。现在我把这事告诉你，你在中学校，见闻较多，不知能把这种画的方法告诉我吗？

"这封信藏在棉袄袋里，恐怕你不发现，另外在张纸条上写了'袋内有信'四个字，放在衣包内。又恐怕你打开衣包时纸条要遗失，又在包面上写了'内有纸条'四个字。还恐怕你不细看包面上的字，姆妈托宋家伯伯转托宋丽金口头关照你'包面上有字'。你看到了这信，写个回信给我。

"你的弟弟如金上言，十二月一日。"

"弟弟：

"宋丽金送给我衣包的时候，再三关照我'袋内有信'。我读完了信然后看见包内的条子，看见了条子然后看见包上的字。

"寄来的棉袄，我穿上去很称身，而且颜色花纹也都很好。我试穿后，就一直穿上了。露营三天，已经过去。我们在露营中自己烧饭吃，非常有趣。晚上十个人同睡在一个营帐内，大家一身大汗，巴不得有人来偷营，出去透口气。哪会伤风呢？我现在身体很好，不像从前在家里时那么怕冷怕热。请你对姆妈说，叫她放心。

"衣料的颜色我的确欢喜。花纹也很雅观。画这种花纹，我看了一会，觉得一定可用两脚规画；但怎样画法，一时想不出来。昨天晚上，我特地去问秦先生。她教了我种种有趣的画法。我才知道两脚规这件东西真是妙用无穷。现在我把她所教我的种种画法描成一图，寄给你看，想你一定很欢喜。同时我又买了只两脚规寄给你，省得你叫华明去偷。我寄给你的图中，有九个方块，但共有十二种花样，因为其中有三块是每块中含有两种花样的。第一行中的右手旁边的一块，就是我的棉袄上的花纹。这花纹的画法看似复杂，其实很简单。你只要划一张正方形的格子，以任何一个交叉点为中心，以一格的对角线为半径，作个圆。这个圆一定通过八个方格。揩去了相对的每两方格里的弧线，其余相对的每两方格里的弧线就是相邻的两条浪纹的一部分。你依照图中的格子仔细去看，一定容易悟通这画法。很有规则，很死板，一点不难。你看懂了这种浪纹格子以后，别的花样的画法也都容易看懂，不必我一一细说了。万一有看不懂的地方，可用两脚规去试试看。能够寻出每段弧线的圆心，就容易懂得它的画法了。你看懂了这十二种画法以后，一定会自己创造出种种花样来。只要先划格子，正方的，长方的，斜方的，或者混合的。然后把两脚规的尖脚放在格子的交点上，把两脚规的开度自由伸缩，把弧线的连接自由支配，就可画出无穷的花样来。秦先生说：'织物图案和装饰图案，全靠一只两脚规。'这家伙真是妙用无穷的。

"弟弟！你玩了这家伙，一定趣味很浓；但我要通知你：这不是很难的一种图画。这种画有规则，很呆板；只要细心，谁都会描。反之，像那种写生画，没有一定的规则，而美恶显然不同，这才是美术上的难事，光是细心没有用了。秦先生这样说，我也这样地感到。我觉得画这种画，好比做缝纫，只要耐心，一针一针地缝，总会缝得成功。写生画就不同：不一定要耐心，也不一定要细心。有的时候，耐心了细心了反而不好。用器画注重机械的表现，同一题材，各人所描的结果大致一样，反之，写生画注重个性的表现。十人同画一种水果，画出来的人人不同。所以你倘欢喜用器画，须当它图画的一部分而研究。

在工艺美术、实用美术方面，用器画是很重要的。现代的人，有赖于用器画甚多。一切工艺，都是靠了用器画的帮助而制成的。我们大家应该研究这种画法；但这是图画的部分。除此以外，我们还得研究别种图画。

"年假不到一个月了。我半年不回家，第一次回家时怎样高兴，现在也想象不出。

"你的姐姐逢春谨复，十二月四日。"

原载于《新少年》1936 年 12 月 10 日第 2 卷第 11 期

姆妈洗浴

画裸体

要专门研究美术，必须取法于自然，即从天然物中探求『美』的原料。山水、花卉、树木、禽鱼，都是天然物，都含有美的原料。人是天然物中最优秀的一种，所以专门的美术家要描写人——脱去了人造的衣服的天然的人——当作他们的基本练习。

里面发出一阵惊慌的喊声。我当作火起了，连忙丢了手里的西瓜跑进去看，弟弟也跟了进来。

原来喊声从浴室里发出，是姆妈的声音："不要来！不要来！等一会来！等一会来！"其音仓皇而尖锐。除了去年隔壁豆腐店里失火的那一次以外，姆妈从来不曾发过这样的喊声。我回头看浴室的对面，但见厢楼的瓦上高高地站着一个工人，低缩着头，脸上带着难为情似的笑容，正在小心地跨着脚步，慢慢地走下瓦来。我看了这光景，一想，笑得仰不起头来。

我家的浴室是由厢楼改造的。玻璃窗的下半部挂着比人头更高的窗帏，窗外来去的人不能望见室内。但玻璃窗的上半部没有遮蔽，坐在浴室里可以望见对面的厢楼的屋上生着几朵瓦花，走过一只白猫。有一次我正在洗浴，看见那白猫又同了隔壁豆腐店里的黄猫来，一齐站在瓦上向我注视。我几乎喊"姆妈"了，后来想起了它们是猫，没有喊出。刚才爸爸正在开西瓜，那泥水司务来修屋漏，爸爸就叫他去修厢楼，没有想到姆妈正在洗浴，而厢楼的屋上可以望见浴室的全部的。我想象姆妈这一吓非同小可，难怪她要发出这样惊慌的喊声。然而这件事又实在可笑。弟弟茫然不解，接连地问我"为什么？笑什么？"我竟笑得说不出答话来，只管掩着嘴向外面跑。

弟弟火冒了，跟着我跑到大厅的廊下，定要问我出来。我告诉他："姆妈在洗浴，被屋上的泥水司务看见了。"他想了一想，问道："那末你为什么这样好笑呢？"我不答，他再问。我也火冒了："这不是好笑的么？你不要'截树拔根'呀！"他说："我倒偏要'拔根'，为什么洗浴要不给人看见？难道洗浴是羞耻的？还是犯罪的？"这一问来得很凶，使我一时难于回答。我想了一想，说道："洗浴要裸体，裸体是难为情的，所以洗浴要不给人看见。"弟弟紧接着说："我还要'拔根'，为什么裸体是难为情的？明明大家都有一个身体用布包好着，为什么不许公然地打开这包裹来看看呢？"我被他说得又气又好笑，但也无法置辩。他越是起劲了："华明和我意见完全相同。前天我同他到乳鸭池去看水浴，我们同班里有许多同学在那里，大家裸着身体，走来走去，同穿衣服时毫无两样。我和华明也脱光了衣服，跳下水去，一点也不觉得难为情。后来许多裸体人坐在草地上休息时，华明提倡'裸体运动'，大家拍手赞成。可是想起了各人家里的大人们一定不许可，终于大家穿好了衣服回家。但我知道大人们不一定反对裸体。不然，爸爸的书橱里为什么有着许多西洋名家所描的裸体画呢？只有姆妈反对裸体。前回我看看爸爸书橱里的裸体画，姆妈教我不要看；后来又对爸爸说：'你这种画怪难看的，藏藏好吧，孩子们看不得的。'我暗中觉得奇怪，为什么孩子们看不得？大人们就看得？既然大人们看得，姆妈今天洗浴，就让泥水司务看看吧，何必大惊小怪呢！"

"呆话！"我旋转身来预备走开，同时对他说："不要对我胡闹了。你有本领，去同爸爸辩论吧。我要预备我的初中入学试验，没有工夫同你缠。"弟弟立刻跑到书房里去找爸爸。我原想走开了。但是一种奇妙的力拉住我，我终于留停在书房外的廊下，假装整理牵牛花蔓，意欲窃听弟弟和爸爸的谈话。因为刚才我嘴上虽然斥责弟弟，心中实在同他一样地怀疑。从去年夏天起，姆妈不准我赤膊，又教我揩身一定要关在浴室里。我自己也觉得不肯赤膊，不肯在人前揩身。"裸体是难为情的"，这件事我和大家一样地承认。但是"为什么呢"，姆妈不曾说过，爸爸不曾说过，学校里的先生们也不曾说过，我也觉得不便问人，始终是"行而不知"。光是"行而不知"，疑问倒还简单。所可怪者，画家都不怕难为情，描出一丝不挂的裸体女子来向公众展览。难道人在描画和看画的时候，都不是人了么？裸体既是难为情的，画家就不应该描。画家既然可描，裸体就不应该难为情。那么正如弟弟所说，"明明是大家有一个身体用布包好着，不妨公然地打开这包裹来看看"了。我觉得这是世间的一大矛盾。且听爸爸如何解释这矛盾。

但听见弟弟提出了两个疑问——裸体为什么难为情？画家为什么描裸体？——之后，爸爸格格地笑个不休。最后对他说道："我讲一件故事给你听：从前的从前，世界上还没有人。天上有一个上帝和诸神。

上帝有个花园，园中种着一种树，叫做'智慧果树'。上帝派一个男神名叫亚当的，一个女神名叫夏娃的，去看守花园。但叮嘱他们不许采果子吃，天上的神都是裸体的，同你和华明洗浴时一样，不觉得难为情，只觉得自由自在，非常快乐。亚当和夏娃初进花园时也这般快乐。后来，他们偷把'智慧果'采下来，各人吃了一个。忽然眼睛和感觉都异样了，觉得裸体很难为情。他们就用树叶子编成裙子，遮蔽身体。上帝看见了，大怒，把两人驱逐出园，罚他们到世界上来做人。这是世界上最初的两个人，就是我们一切人的始祖。——这是耶稣教的《圣经》上的故事，你现在一定不相信这事实，但不久你将相信这故事中所含有的道理。现在的你和华明等，好比是不曾吃过智慧果时的天神，但再过几年，你们一定都要吃。你姐姐已经咬过几口了。"爸爸又格格地笑，弟弟一声不响，我听到最后一句话，不期地面红起来，幸而没有被人看见。我继续站着静听爸爸对于第二疑问的解释："画家为什么要描人所认为难为情的裸体？""因为美术可分为两种，一种是普通的，应用的，另一种是专门的，学术的。前者是人人应有的美术常识（例如衣服、家具、房屋等如何可使美观）。后者是专门家的美术研究。要专门研究美术，必须取法于自然，即从天然物中探求'美'的原料。山水、花卉、树木、禽鱼，都是天然物，都含有美的原料。人是天然物中最优秀的一种，所含有美的原料独多。所以专门的美术家要描写人，——脱去了人造的衣服的天然的人，——当作他们的基本练习。世间各种工艺美术，都是应用这种基本练习的。例如瓷器的形状，家具的模样，图案的花纹等，都是从花木禽兽或人体的某部分中模仿来的。故自然和人体，可说是美的原料。但这种原料在普通人难于理解。故裸体画只能让专门家互相赏鉴；倘拿去向大众展览，实在很不适宜，而且容易引起种种误解，因为大众都缺乏美术的专门修养。只有在民众美术教养极普遍的古代希腊，裸体人像的美才能得到大众的正当的欣赏。例如你们描图画用的铅笔的簏子上，印着一个上半身裸体而没有手臂的人像。这叫做维娜斯〔维纳斯〕，是古代希腊的美与爱的女神像。这雕刻非常优美，虽然因为年代太久而损失了手臂，但头胸腹各部的雕刻的精美为后世所不能及，至今还是被人翻造作石膏模型，给专门的美术研究者当作临摹的范本，铅笔商人因此用它来作商标。故用普通习惯的眼睛来看，裸体人是难为情的；用专门研究的眼睛来看，裸体人是美的原料。你现在还没有成人，又没有美术的专门研究，对于我的话恐怕还听不懂。但是将来你一定会懂。那时候你对于你姆妈今天的大惊小怪和我书橱里的裸体画的怀疑，都会消释了。"爸爸立起了身，似乎要走出书房来，我赶快逃走了。

原载于《新少年》1936 年 7 月 25 日第 2 卷第 2 期

二 渔夫

画画直播

『讲同画原是两件事，讲是理智的，画是直感的，两者可以同时并用；但逢到难画的地方，我也要停讲。况且这幅画的成功，不是我的手高明的原故；一半由于今晚高兴，一半由于柳逢春善于做模特儿的原故。』

　　星期六之夜，女同学四五人，每人带了些食物，到秦先生的房间里去闲谈。花生米、栗子、文旦、瓜子，摆满了秦先生的画桌，把她的水彩画具推在一旁了。秦先生看了笑着说："你们又来 picnic〔野餐〕了。我这房间倒像是野外呢。"宋丽金接着说："不是野外，是一所美丽的花园。你们看，布置多么妥帖，陈设多么美观！比真的花园更艺术的呢！"秦先生欢喜地说："那么我就算花园的主人吧。主人应该请客，不好专吃客人的。"说着，开开橱门拿出一盒胡桃糖来，继续说："这是我母亲的手制品，今天才寄到的，你们大家吃些，是新胡桃做的。"她就坐在椅上，我们环坐在她的画桌旁边。

　　电灯光把许多人的精神拉拢在一块。大家说着，笑着，吃着，这真是弟弟所谓"学校生活的乐处"。吴文英忽然蹙损着眉尖说道："倘使我们和敌人开战了，像今天这样的快乐恐怕不会再有呢！"坐在秦先生身边的年纪最小的女同学池明把刚才剥好的一个大栗子送进嘴里，含糊地说道："我们不怕炸弹，大家在后方做看护工作，空下来还是可以这样地吃东西。"说过之后大嚼起来引得大家发笑。秦先生伸手拍拍她的背脊，笑着说："一点不错！我们还是可以谈笑，还是可以唱歌，描画，做一切快乐的事呢！"她似乎忽然想到了一件事，对大家说道："两个渔夫的故事你们听见过没有？"大家异口同声地说："没有。"我说了一句谎话。我其实早已在胡适之译的《短篇小说》中读过。但现在所以说谎者，一则为了秦先生的讲故事不照事实讲，常在处处插入自己的感想，怪好听的；二则倘我直说"已经读过"，使她减少兴味；即使肯讲，也不起劲，致使同学们大家减少兴味。所以我毅然地说了一句谎话。

秦先生拿起热水壶来冲好一杯茶，拣了一块胡桃糖，然后兴味津津地讲故事了。

"那一年普鲁士同法国开战，普兵围困了巴黎城。法国将领死守着城门，没有被打进来。但是城中绝了粮食。有许多人饿死了，有许多人吃着树皮草根。其中有个修钟表的人——名字我忘记了，姑且不去说它——同一个开小店的老板，有一天早晨，在荒凉的巴黎街上遇见了。两人握着手说不出话来。原来他们是并不熟识的老朋友。"听到这句话，大家惊诧地笑起来。秦先生便解释："因为他们只是每星期日不约而同地在城外的河岸上一起钓鱼，此外毫无关系，所以说他们并不熟识。又因为他们钓鱼的趣味完全一致，而且相伴得很久，所以说他们是老朋友。在太平时候，每逢星期日早上，两人差不多同时来到河岸，笑着点点头，便并坐下去钓鱼，不说一句话。有时天气太好，钟表司务忍不住说一句：'好天气呵！'小店老板极诚地答应一句：'再好没有！'此外不再说话。"听到这里大家又笑起来。池明笑着，嚼碎了的花生米都涌出在口角上。

　　秦先生忽然拿起桌上的软铅笔对着展开着的画纸，警戒似的向着靠在她对面的桌上静听讲故事的我说："柳逢春，你不要动！只管装着这姿势听我讲，也不要注意我手上的动作。我一边讲故事，一边为你写生。因为你这姿势怪好看的。"同学们都把兴味移注在我身上，一时秩序稍稍混乱。我努力保持着原来的姿态，同时喊道："喂！你们忘记了人物写生注意的第一条么：'被别人写，只当不知；看别人写，偷偷地看！'大家不要看我，依旧听讲！"同学们立刻记起了秦先生的图画讲义，同声说道："好，我们也'只当不知'。秦先生讲下去！"

　　秦先生一边用铅笔在纸上信手描写，一边继续讲话："这两人在太平时代这样地一同钓鱼，已经很久。但战事发生以后，人们逃难都来不及，东西都没得吃，哪有心思钓鱼？即使有心思，城门外都是敌人，城门口有兵士严守着，他们也不能再到原地方去钓鱼了。"我偷偷地沉下眼睛去一瞥，看见她已打好大轮廓；头部里面划分脸与发两区，头部下面画着打着结的两臂的大体轮廓。虽然细部一点也不曾画，大体已经看得出是一个热心听故事的人的姿态了。我继续听她讲："但是他们这一天在围城里相逢，大家兴致极好，相约再到旧地方去钓鱼。因为小店老板同守城门的中尉相熟识，可以出得城去。于是两人各自回家去取了钓具，向中尉讨个秘密的口号，把口号告诉守城门的兵士，兵士就放他们出城。他们到了老地方的河岸上，依旧并坐下来垂钓。

然而环境大非昔比：四周绝无人影，但见炮火的痕迹；对岸的岛上的房屋统统关门，好像多年不住人了。其实有普鲁士兵埋伏在里头。他们也知道这一点，预先商定，万一敌兵来干涉，他们准备把鱼送给他们。不久，枪炮声起，敌兵又开始攻击了！他们两人正想躲到附近的葡萄藤下去，忽闻好几个人的脚步声走近来，顿，顿，顿，"这时候同学们大家朝着秦先生的脸孔出神，有几个张着嘴巴闭不拢来。我又偷看她的笔下，但见她已换了一支水彩笔，蘸上深青的颜料，正在使劲地画我的头发。笔的动作和她嘴里的"顿，顿，顿，顿"相应和，我几乎笑出来。斜窥坐在我身旁的宋丽金，看见她仰起头假装听讲，也偷偷地沉下眼睛来窥看秦先生的笔下；她的鼻头里"嗯，嗯"地答应，她的口角忍不住要笑。我再看别人，原来她们都是这样：一面假装听讲，一面热心地偷看写生。我恐被秦先生看出，立刻又规规矩矩地做我的模特儿了。但听见她继续说："顿，顿，顿，顿地走过来的，是四个普鲁士兵。立刻把这两渔夫捆住抬了去。……让我画了脸孔再讲。"

　　这时候同学们大家公然地立起来看画了。她们轻轻地说着："像来，像来！""快来，快来！""好看来，好看来！"①独有我同石像一般，依旧两臂打着结伏在桌上，仰起头倾听那无声的演讲，大约有两三分钟之久。"好，下面的容易画了，继续讲给你们听吧：那普鲁士兵把两个渔夫捉到营中，一个军官就来审问。他说：'你们两个奸细，想探听我们的军情，却假装钓鱼！钓得好么？'两个渔夫不说话。军官又说：'照理，奸细立刻枪毙。但现在我可以饶你们的命，好好地送你们回家，倘使你们能把通过城门的暗号告诉我。'两渔夫你看看我，

①像来、快来、好看来为江南一带方言，意即：真像、真快、真好看。

我看看你，一声不响。军官又说……"这时候秦先生已画好手臂和衣服，只剩背景未画。她放下了笔，对我们说："大体画好了，等一会再完成它。你们且不要看画，听我讲！"于是起劲地讲起来："军官又说：'限你们五分钟！倘不说，立刻枪毙，抛在河里！'他拍拍小店老板的肩膀，又说：'试想：五分钟之后，你们两个身体要沉在河底里，你们总有亲爱的人，舍得么？'两渔夫你看看我，我看看你，还是不说。五分钟过了，军官命兵士架起枪来，同时自己走过来，把小店老板拉到一旁，轻轻地对他说：'你说了，我不告诉你的朋友，假意怪你不肯说，使他不会知道你说。我重赏你。'小店老板不开口。军官又拉钟表司务到一旁，同样地骗他。钟表司务也不开口。于是他命令兵士准备放枪。小店老板旋转头去对钟表司务说：'朋友，再会了！'钟表司务也对他说：'朋友，再会了！'枪声响处，两渔夫先后倒地。一会儿，两个尸体被抛入河中，只见河面上浮起两道血水。这两个无名的小百姓，情愿死，不肯泄漏军机；情愿枪毙，不肯卖国。这叫做'杀身以成仁'。他们当时只要动一动嘴巴，就可免死，且得重赏。你们试想：什么东西使得他们的嘴巴死不肯动的？"秦先生讲毕了。

大家听得非常兴奋，忘记了一切。我吟味她最后一句话，也忘记了一切；但似乎觉得有件好事在后头，正待去做。猛然想起了那张画，立刻起身来看。但见花生米包纸底下，隐着一张水彩肖像 sketch〔速写〕，画得非常生动。大家又忘记了一切，用另一种兴奋来看画。吴文英摇摇头，自言自语道："秦先生的手不知怎样生的？怎么一面讲，一面会画出这样又像又美的画来！"秦先生调着背景的颜料，缓缓地答道："讲同画原是两件事,讲是理智的,画是直感的,两者可以同时并用;但逢到难画的地方,我也要停讲。况且这幅画的成功,不是我的手高明的原故;一半由于今晚高兴,一半由于柳逢春善于做模特儿的原故。"我就向秦先生要这幅画,当作做模特儿的报酬。她允许我,但还在热心地修改。

九点半钟到了,我们收拾桌上的果壳,告别回寝室。我不期地得了一幅肖像,喜出望外。这晚做了许多好梦。

原载于《新少年》1936 年 11 月 10 日第 2 卷第 9 期

"九一八"之夜

❖ 图画最大的用处

我们用苦功练习眼力、手力、心力，养成了能够明敏地观察，正确地描写，美满地表现的能力，然后拿这明敏、正确、美满的能力去应用在我们一切的生活上，使我们的生活同良好的美术品一样地善良，真实，而美丽。这便是图画的间接的用处，这才是图画的最大的用处。

"九一八"是星期五，第一小时公民停课，大家到纪念厅去开会。校长先生用简劲的语调，叙述民国二十年间的旧事，和以后的种种国耻；又用悲壮的语调，叮嘱我们大家勉励、团结、奋斗，直到"九一八"三字消灭为止。随后训育主任——绰号大鼻头先生的——上台讲演。他说要洗雪国耻，必须刻苦耐劳。他敲着桌子，讲越王勾践卧薪尝胆的故事时，眉头蹙紧，嘴巴纽起，显得鼻头愈加伟大，同学中就发出嗤嗤的笑声。校长先生忽然突出两个眼球，盯住嗤笑的人，全体就肃静起来。训育主任的讲演的结论，是"大家不可忘记：我们所处的决不是享乐的时代，而是刻苦奋斗的时代。从今天起，大家上课要愈加严肃，用功要愈加认真"。看见台下全体肃静，好像默认了，他然后下台。散会后大家做旧上课。这一天上课果然比以前严肃得多。散课后，我看见有几位女同学拿着碗筷，跑进厨房里去，嘴里边喊着"毋忘国耻，毋忘国耻"。我不懂她们的意思。等她们跑回来，一看，原来她们在冲藕粉吃。我说："哼！现在不是享乐的时代！"她们拿藕粉匣上的广告文字给我看，念道："毋忘国耻，请吃九一八真藕粉。"接着说："请你也吃些，可以毋忘国耻。"我不要吃，心中起了不快之感。我知道这是杭州西湖风景胜地"九溪十八涧"的出品。商人发现地名中的数字和国耻纪念日月的数字偶然相同，就利用为广告，以求获利。这种行为近于"幸灾乐祸"，"卖国求荣"。因为我想，将来国耻雪尽，"九一八"三字消灭了，他们没有广告可作，营业将受影响；他们难道希望国耻永远存在吗？而且这样一来，使九溪十八涧这风景名胜也好比受了创伤，虽然将来总有痊愈的一日，然而创痕永远不退了。"谢谢你们，我不要吃这种藕粉！"

晚上，轮着图画教师秦先生监督自修。我觉得欢喜，因为秦先生是一位最可敬的女先生。她上课非常认真，往往比学生先到教室。她的态度非常诚恳，有人不会描的，她在课外补教，定要使这人会描。此外，她的服装非常有意思，都是粗衣布裳，但是形式和色彩都很调和，比别人穿的绫罗缎匹的摩登服装好看得多，足见她的美术研究是很纯正而能应用在生活上的。这一晚她穿着一件灰色的上衣，一条黑色的长裙，一双自制的黑布鞋，笑嘻嘻地走进教室来，坐在讲台上的椅子里向我们看，似乎等候我们发问。我们原有许多人正在演算草，但看见秦先生进来，大家把算草簿收藏，提出艺术上的种种问题来问她。她为我们逐一解释，说话道理充足，而又趣味丰富，使我们听了，折服之外又感到愉快。自治会干事林佩贞就应用她的辩才，提出一个及时的问题，她对秦先生说："今天早上训育主任教我们'不要忘记我们所处的决不是享乐的时代，而是刻苦奋斗的时代'，我觉得这话很不错。但同时我又觉得，当这刻苦奋斗的时代，我们似乎无暇去弄图画等赏心悦目的东西，为什么学校里还要教我们画画儿呢？这疑问请秦先生为我解释！"秦先生听了，双眉微蹙，而口角上的微笑仍不消失，似乎对于这问题觉得很重大又很有兴味，暂时考虑着。自修室长吴文英是个极忠厚的好人，看见林佩贞排斥图画，而秦先生又半晌无语，大约以为这位好先生被学生难倒了，很不自然，不待秦先生开口，先站起来说："我觉得林同学的疑问不成问题。因为图画也有很大的用处。譬如早上训育主任所讲的卧薪尝胆，倘使把它描成图画，可以鼓励我们奋斗，图画正是奋斗的工具！"许多人都异口同声地说："不错，不错！"足见同情于秦先生的人很多。

大家静了下来，秦先生从容地说道："你们两人的话，大家都不错，同时大家都错。"听了这矛盾的评论大家笑起来。秦先生继续说："林佩贞说'我们无暇去弄赏心悦目的东西'，吴文英说'图画也有很大的用处'，说得都不错！但是，林佩贞认为'图画是赏心悦目的东西'，吴文英认为'图画是奋斗的工具'，观念就都错误了！"于是大家有所思虑，全体肃静无声了。秦先生提高了声音说："现在我告诉你们两句话：第一，图画不仅是赏心悦目的东西，实是一种苦工。第二，图画的用处不在乎直接地用作奋斗的工具，乃在乎间接地修养人的心目，使人的生活健全。这两句话是图画学习的要点，大家必须记牢。"她举起一只手，对林佩贞说："你以为图画都是全不费力的享乐么？现在我要你们描一只手，最常见的一只手，你们三十多人中一定没有一个人能描得完全'正确'，若要描得正确，须放数年苦功下去。若要描得'正确'而又'美观'，须再放数年苦功下去。学图画的目的，就是要操练正确而又美观地描写一切物象的本领，岂不是一件苦工么？"大家伸起自己的手来细看，表示默认先生的话。有几只戴着金指环的手，在电灯底下辗转反侧，发出闪闪的光。

秦先生又向着室长吴文英说："你以为有用的图画的用处是卧薪尝胆之类的画么？这种画原也有用处，但是用处太小。因为有许多意思和教训是无形的，是描不出的，你将怎么办呢？譬如我们现在要劝中国青年'锻炼身体，学习功课，认识时势，决定行动'，倘用图画表出，一定吃力而不讨好。所以要直接拿图画去派用处，其用处一定太小。图画的大用处，在于间接的修养上。我们用苦功练习眼力、手力、心力，养成了能够明敏地观察，正确地描写，美满地表现的能力，然后拿这明敏、正确、美满的能力去应用在我们一切的生活上，使我们的生活同良好的美术品一样地善良，真实，而美丽。这便是图画的间接的用处，这才是图画的最大的用处。有了这最大的用处，别的小用处都跟了来。因为你学得了上述的能力，无论描卧薪尝胆，或者描博物图，描地图，都很自由。反之，不用苦功练习手、眼和心，而立刻要拿图画去直接派用处，你必然失败。现在我且问你：这里三四十人中，谁能凭空描出一幅像个样子的《卧薪尝胆图》来？不必说别的，就是单描勾践的一只手，恐怕也没有人描得正确呢！"讲台下发出一片满足的笑声，许多雪白的手又伸起来，在电灯底下辗转反侧地发光。

秦先生结束地说："所以我告诉你们：我们现在所处的原是刻苦

奋斗的时代，但美术研究决不可以废止。也不必硬拿美术去当作奋斗的工具，以致贪小失大。从今日起，我们大家应该刻苦练习我们的眼力、手力和心力，希望将来大家做个健全的国民，健全的人。到那时候我们还怕什么呢！"自修下课铃响出了，秦先生带着愉快的笑容退出我们的自修室，我们也带着满足的笑容送别她。就寝后我回想这晚的话，觉得很有意思。听到了许多同学的眠鼾声，方始睡觉。

原载于《新少年》1936 年 9 月 25 日第 2 卷第 6 期

 玉人歌舞未曾归

音乐篇

音乐并不完全是享乐的东西，并非时时伴着兴味的。在未学成以前的练习时期，比练习英文数学更加艰苦，需要更多的努力和忍耐。

人生的事，苦乐必定相伴，而且成正比例。吃苦愈多，享乐愈大；反之，不吃苦就不得享乐。

甘美的回味

◆ 我的音乐老师李叔同

大风琴上的谱表与音栓都已安排妥帖，显出一排雪白的键板，犹似一件怪物张着阔大的口，露出一口雪白的牙齿而蹲踞着，在那里等候我们的来到。

有一次我偶得闲暇，温习从前所学过的弹琴课。一位朋友拍拍我的肩膀说道："你们会音乐的真是幸福，寂寞起来弹一曲琴，多么舒服！唉，我的生活太枯燥了。我几时也想学些音乐，调剂调剂呢。"

我不能首肯于这位朋友的话，想向他抗议。但终于没有对他说什么。因为伴着拍肩膀而来的话，态度十分肯定而语气十分强重，似乎会跟了他的手的举动而拍进我的身体中，使我无力推辞或反对。倘使我不承认他的话而欲向他抗议，似乎须得还他一种比拍肩膀更重要些的手段——例如跳将起来打他几个巴掌——而说话，才配得上抗议。但这又何必呢。用了拍肩膀的手段而说话的人，大都是自信力极强的人，他的话是他一人的法律，我实无须向他辩解。我不过在心中暗想他的话的意思，而独在这里记录自己的感想而已。

这朋友说我"寂寞起来弹一曲琴多么舒服"，实在是冤枉了我！因为我回想自己的学习音乐的经过，只感到艰辛与严肃，却从未因了学习音乐而感到舒服。

记得十六七年前我在杭州第一师范①读书的时候，最怕的功课是"还琴"。我们虽是一所普通的初级师范学校，但音乐一科特别注重，全校有数十架学生练习用的五组风琴，和还琴用的一架大风琴，唱歌用的一架大钢琴。李叔同先生每星期教授我们弹琴一次。先生先把新课弹一遍给我们看。略略指导了弹法的要点，就令我们各自回去练习。一星期后我们须得练习纯熟而来弹给先生看，这就叫做"还琴"。但这不是由教务处排定在课程表内的音乐功课，而是先生给我们规定的课外修业。故还琴的时间，总在下午十二时二十分至一时之间，即午膳后至第一课之间的四十分钟内，或下午六时二十分至七时之内，即夜饭后至晚间自修课之间的四十分钟内。我们自己练习琴的时间则各人各便，大都在下午课余，教师请假的时间，或晚上。总之，这弹琴全是课外修业。但这课外修业实际比较一切正课都艰辛而严肃。这并非我个人特殊感觉，我们的同学们讲起还琴都害怕。我每逢轮到还琴的一天，饭总是不吃饱的。我在十分钟内了结吃饭与盥洗二事，立刻挟了弹琴讲义，先到练琴室内去，抱了一下佛脚，然后心中带了一块沉重的大石头而走进还琴教室去。我们的先生——他似乎是不吃饭的——早已静悄悄地等候在那里。大风琴上的谱表与音栓都已安排妥帖，显出一排雪白的键板，犹似一件怪物张着阔大的口，露出一口雪白的牙齿而蹲踞着，在那里等候我们的来到。

先生见我进来，立刻给我翻出我今天所应还的一课来，他对于我们各人弹琴的进程非常熟悉，看见一人就记得他弹到什么地方。我坐

①指杭州的浙江省立第一师范学校。

在大风琴边，悄悄地抽了口大气，然后开始弹奏了，先生不逼近我，也不正面督视我的手指，而斜立在离开我数步的桌旁。他似乎知道我心中的状况，深恐逼近我督视时，易使我心中慌乱而手足失措，所以特地离开一些。但我确知他的眼睛是不绝地在斜注我的手上的。因为不但遇到我按错一个键板的时候他知道，就是键板全不按错而用错了一根手指时，他的头便急速地回转，向我一看，这一看表示通不过。先生指点乐谱，令我从某处重新弹起。小错从乐句开始处重弹，大错则须从乐曲开始处重弹。有时重弹幸而通过了，但有时越是重弹，心中越是慌乱而错误越多。这还琴便不能通过。先生用和平而严肃的语调低声向我说，"下次再还"，于是我只得起身离琴，仍旧带了心中这块沉重的大石头而走出还琴教室，再去加上刻苦练习的功夫。

我们的先生的教授音乐是这样的严肃的。但他对于这样严肃的教师生活，似乎还不满足，后来就做了和尚而度更严肃的生活了。同时我也就毕业离校，入社会谋生，不再练习弹琴。但弹琴一事，在我心中永远留着一个严肃的印象，从此我不敢轻易地玩弄乐器了。毕业后两年，我一朝脱却了谋生的职务，而来到了东京的市中。东京的音乐空气使我对从前的艰辛严肃的弹琴练习发生一种甘美的回味。我费四十五块钱买了一口提琴，再费三块钱向某音乐研究会买了一张入学证，便开始学习提琴了。记得那正是盛夏的时候。我每天下午一时来到这音乐研究会的练习室中，对着了一面镜子练习提琴，一直练到五点半钟而归寓。其间每练习五十分钟，休息十分钟。这十分间非到隔壁的冰店里喝一杯柠檬刨冰，不能继续下一小时的练习。一星期之后，我左手上四个手指的尖端的皮都破烂了。起初各指尖上长出一个白泡，后来泡皮破裂，露出肉和水来。这些破烂的指尖按到细而紧张的钢丝制的 E 弦上，感到针刺般的痛楚，犹如一种肉刑！但提琴先生笑着对我说："这是学习提琴所必经的难关。你现在必须努力继续练习，手指任它破烂，后来自会结成一层老皮，难关便通过了。"他伸出自己的左手来给我摸："你看，我指尖上的皮多么老！起初也曾像你一般破烂过；但是难关早已通过了。倘使现在怕痛而停止练习，以前的工夫便都枉费，而你从此休想学习提琴了。"我信奉这提琴先生的忠告，依旧每日规定四个半钟头而刻苦练习，按时还琴。后来指尖上果然结皮，而练习亦渐入艰深之境。以前从李先生学习弹琴时所感到的一种艰辛严肃的况味，这时候我又实际地尝到了。但滋味和从前有些不同：因为从前监督我刻苦地练习风琴的，是对于李先生的信仰心；现在监督我刻苦地练习提琴的，不是对于那个提琴先生的信仰心，而是我的自励心。那个提琴先生的教课，是这音乐研究会的会长用了金钱而论钟点买来的。我们也是用金钱间接买他的教课的。他规定三点钟到会，五点钟退去，在这两小时的限度内尽量地教授我们提琴的技术，原可说是一种公平的交易。而且像我这远来的外国人，也得凭仗了每月三块钱的学费的力，而从这提琴先生受得平等的教授与忠告，更是可感谢的事。然而他对我的雄辩的忠告，在我觉得远不及低声的"下次再还"四个字的有效。我的刻苦地练习提琴，还是出于我自己的勉励的，先生的教授与忠告不过供给知识与参考而已。我在这音乐研究所中继续练习了提琴四个多月，即便回国。

我在那里熟习了三册提琴教则本和几曲 light opera melodies〔轻歌剧旋律〕。和我同室而同时开始练习提琴的，有一个出胡须的医生和一个法政学校的学生。但他们并不每天到会，因此进步都很迟，我练完第三册教则本时，他们都还只练完第一册。他们每嫌先生的教授短简而不详，不能使他们充分理解，常常来问我弹奏的方法。我尽我所知的告诉他们。我回国以后，这些同学和先生都成了梦中的人物。后来我的提琴练习废止了。但我时时念及那位医生和法政学生，不知他们的提琴练习后来进境如何。现在回想起来，他们当时进步虽慢，但炎夏的练习室中的苦况，到底比我少消受一些。他们每星期不过到练习室三四次，每次不过一二小时。而且在练习室中挥扇比拉琴更勤。我呢，犹似在那年的炎夏中和提琴做了一场剧烈的奋斗，而终于退守。那个医生和法政学生现在已由渐渐的进步而成为日本的 violinist〔小提琴家〕也未可知；但我的提琴上已堆积灰尘，我的手指已渐僵硬，所赢得的只是对于提琴练习的一个艰辛严肃的印象。

我因有上述的经验，故说起音乐演奏，总觉得是种非常严肃的行为。我须得用了"如临大敌"的态度而弹琴，用了"如见大宾"的态度而听人演奏。弹过听过之后，只感到兴奋的疲倦，绝未因此而感到舒服。所以那个朋友拍着我的肩膀而说的话，在我觉得冤枉，不能首肯。难道是我的学习法不正，或我所习的乐曲不良吗？但我是依据了世界通用的教则本，服从了先生的教导，而忠实地实行的。难道世间另有一种娱乐的音乐教则本与娱乐的音乐先生吗？这疑团在我心中久不能释。

有一天我在某学校的同乐会的席上恍然地悟到了。同乐会就是由一部分同学和教师在台上扮各种游艺给其余的同学和教师欣赏。游艺中有各种各样的演，唱，和奏。总之全是令人发笑的花头。座上不绝地发出哄笑的声音。我回看后面的听众，但见许多血盆似的笑口。我似觉身在"大世界""新世界"①一类的游戏场中了。我觉得这同乐会的确是"乐"！在座的人可以全不费一点心力而只管张着嘴巴嬉笑。听他们的唱奏，也可以全不费一点心力而但觉鼓膜上的快感。这与我所学习的音乐大异，这真可说是舒服的音乐。听这种音乐，不必用"如见大宾"的态度，而只须当作喝酒。我在座听了一会音乐，好似喝了一顿酒，觉得陶醉而舒服。于是我悟到了，那个朋友所赞叹而盼望学习的音乐，一定就是这种喝酒一般的音乐。他是把音乐看作喝酒一类的乐事的。他的话中的"音乐"及"弹琴"等字倘使改作"喝酒"，例如说，"你们会喝酒的人真是幸福，寂寞起来喝一杯酒多么舒服"，那我便首肯了。那种酒上口虽好，但过后颇感恶腥，似乎要呕吐的样子。我自从那回尝过之后，不想再喝了。我觉得这种舒服的滋味，远不及艰辛严肃的回味的甘美。

廿十（1931）年五月七日作

原载于《中学生》1931 年 9 月 1 日第 17 号

少年音乐和美术故事

---

　　① "大世界"和"新世界"是当时上海两个游乐场的名称。

独揽梅花扫腊雪

我忍不住笑起来，惊讶地问道："爸爸为什么对着扫雪的王老公公唱了音阶？"

爸爸答道："我们小时候学唱歌，先生教我们唱音阶，用「独、揽、梅、花、扫、腊、雪」七个字。现在王老公公不是在那里「独揽梅花扫腊雪」么？"

满天大雪，从去年除夜落起，一直落到今年元旦的朝晨。天井里完全变成白色，只见两株老梅的黑色的树干从雪中挺出，好像一双乌木筷插在一碗白米饭里了。

除了两株梅树以外，还有一个浑身黑色的王老公公。他身穿一件长而厚的黑棉袄，头戴一顶卓别麟式的黑呢帽，脚踏一双长统子的黑钉靴，手拿一把长柄的竹丝扫帚，正在庭中扫雪。他想从大门口直到堂窗边，扫出一条路来，使我们便于进出。他的白胡须映着雪光，白得更加厉害，好像嘴上长着一丛鳌骨头似的。我戴了围巾，镶拱了手①，立在堂前看他扫雪，心中有些不安。他是爸爸的奶娘的丈夫，今年六十一岁了。只因家中的人统统死去，房子又被火烧掉，他这孤身老头子无家可归，才到我家来作客。爸爸收留他，请他住在大门口的间平屋里，供给食衣，并且声明"养死他"②。我最初听见"养死他"三个字，觉得可怕。这

---

① 镶拱了手，作者家乡话，意即抽着手。

② 养死他，作者家乡话，意即养他直到老死。

好像是"打死他""杀死他"之类的行为。但仔细一想，原来是好意，也就安心了。

他扫到梅树旁边，大概觉得腰酸，一手搭在东边的梅树干上，一手扶着扫帚，暂时站着休息。我觉得这光景很可入画：一片雪地里长着一株老梅，梅树上开着同雪一样白的梅花，一个老翁扶着扫帚倚在树旁。这不是幅很动人的图画么？

但是爸爸从里面出来，向庭中一望，却高声地唱道："噢！do re mi fa sol la si！"

我忍不住笑起来，惊讶地问道："爸爸为什么对着扫雪的王老公公唱了音阶？"

爸爸答道："我们小时候学唱歌，先生教我们唱音阶，用'独、揽、梅、花、扫、腊、雪'七个字。现在王老公公不是在那里'独揽梅花扫腊雪'么？"接着就把这诗句的字义一一告诉我。我把这七字反复地念了两遍，笑道："原来如此！那么，音阶下行时，'雪腊扫花梅揽独'怎么讲呢？"爸爸伸手抚我的头，笑着说："雪腊扫花梅揽独，王老公公做不到，只好你去做了！"说着便离开我，自去同王老公公闲谈了。

我正在独自回想，忽然里面现出一个很新鲜的人影。这是离家半年而昨晚冒雪回来的姐姐的姿态。昨晚她回到家里已是上灯时光，我没有看清楚她。自从暑假开学时相别后，我在白昼的光线中再见她的姿态，现在是第一次。我觉得非常奇怪：在她目前的姿态中，思想感情，态度行为，和语调笑声，仍旧是我的姐姐；而面貌和身体好像另换了一个人。她的面貌比前粗而黑，身体比前长而大，好像不是我的姐姐，而是姐姐的姐姐了。姆妈曾经讲一个故事给我听：有一个人死去，换了另一个人的灵魂而活转来。于是身体原是他自己的，灵魂却换了别人的。现在我的姐姐正和这人相反：灵魂原是她自己的，身体却似乎换了别人的。

但这是久别重逢时暂起的感觉。数分钟后，我就不以为奇。同以前看见她换了一身衣服一样，似乎觉得这不过是表面的变化，无论变得怎样，内容中始终是我的姐姐。在阔别的半载中，我常觉得有许多话要同她说；今日重逢，却又想不出什么话来。我们不约而同地走进半年前曾为我们的美术工作场的厢房间里。在映着青白的雪光的座上相对坐下。我就同她说起刚才爸爸所唱的音阶来。

"刚才我听爸爸说，他小时候唱音阶，唱作'独揽梅花扫腊雪'。你道好笑吗？"

"我曾经见过他小时所用的唱歌书。翻开来第一页上，写着1234567七个数字，数字下面注着'独揽梅花扫腊雪'一句诗。我也觉得好笑。从前的人的习惯，欢喜把外国来的名字翻译得像中国原有的一样。其实音阶何必也如此呢。这七个字在外国本来是没有意思的。我听中学里的音乐先生说，这七个字还没有发明的西洋中世纪时代，有一个宗教音乐的作曲者作一首赞美歌，一共七句。每句乐曲开头的一个音，恰好是音阶顺次上行时的七个音；而每句歌词开头的一个字的第一个缀音，恰好是 do，re，mi，fa，sol，la，si。因此后人就用这七个字来唱音阶，称它们为'阶名'。"

"姐姐！'音名'和'阶名'究竟有什么分别？我们小学里的先

生没有讲得清楚。"

"你们六年级的音乐是谁教的？"

"还是华明的爸爸——华先生——教的。他教图画教得很好；但是音乐不会教。只管教我们唱，却不教乐理。我到现在还没有明白五线谱的读法呢。"

"五线谱的读法，在乐理中是最机械的最容易的一小部分，一个黄昏也可学会。音乐的性状和组织，才是重要的乐理，学习音乐的人不可以不研究。像你刚才所说的'音名'和'阶名'的区别的知识，倒是了解音乐的性状和组织的最初步。这区别很浅显：风琴上的键板，各有固定的名称，CDEFGA 或 B 不可移易。这叫做'音名'。我们唱音阶时，随便哪个键板都可当作 do。即无论哪个音名都可当作 do。这 do，re，mi，fa，sol，la，si 就叫做'阶名'，阶名是不固定而可以移易的。这区别不是很浅显的吗？比这更深刻而有兴味的，我觉得还是 do，re，mi，fa，sol，la，si 七个字的性状。我们的先生教我们一个很有趣的比喻。他说音阶里的七个字，好像一个家庭中的七个人物：do 字是音阶中的主脑，最重要，最多用，好比家庭里的主人，故称为'主音'。sol 字与主音最协和，常常辅佐主音奏和声，好比家庭里的主妇，从属于主人，故称为'属音'。mi 字与 la 字与主音也很协和，也常辅佐主音奏和声，虽不及主音、属音的重要，却也常用，故 mi 称为'中音'，la 称为"次中音'。前者好比这人家的儿子，后者好比女儿。以上四个音在音阶中都是重要的，常用的，犹之父母子女四人都是一家的主人。此外，re 附在主音上，称为'上主音'，好比这人家的男仆。fa 附在属音下，称为'下属音'，好比这人家的女仆。还有一个 si，是引导一个音阶到其次的一个音阶时用的，称为'导音'，我们的先生说它好比是这人家的门房。——这比喻真是非常确切，非常有趣……"我听得兴味浓极，不禁打断了她的话，插口说道："嘎！你所说的家庭就是我家！爸是 do，姆妈是 sol，我是 mi，你是 la，阿四是 re，徐妈是 fa，新来的王老公公是 si。哈哈，我们这音乐的家庭！……"

外面有华明的声音："恭贺新禧，恭贺新禧！"我和姐姐争先出去迎接，我的话也被他打断了。

铁马与风筝

我们希望在『知道』事实以外又『感到』一种情调，即在实用以外又得一种趣味。于是想出『铁马』这东西来，使它在报告起风的时候发出一种清朗的音，以慰藉人的耳朵。所以这铁马好比鸟声，也是一种『自然的音乐』。

春分节到了。爸爸的书房搬到楼上。这是爸爸的习惯：每年春初庭中的柳树梢上有鸟儿开始唱歌了，爸爸的书房便搬到楼上，与寝室合并。直到春尽夏来，天气渐热，柳梢上的鸟儿唱歌疲倦了，他再搬到楼下去。爸爸是爱听鸟儿唱歌的。它们唱得的确好听。尤其是在春天的早晨，我们被它们的歌声从梦中唤醒，感觉非常愉快。因为它们的歌调都是愉快的。有个春晨，爸爸对我说："你晓得鸟儿的声音像什么？"我说："像唱歌。"他说："不很对。歌有时庄严，有时悲哀，有时雄壮，不一定是愉快的。它们的声音无时不愉快，所以比作唱歌，不完全对。我看这好比'笑'。鸟是会笑的动物，而且一天笑到晚的。倘说像唱歌，它们所唱的都是 game song（游戏歌），或 sweet song（甜歌）。"

今天星期日，早晨我被另一种音乐唤醒。这好像是种婉转的歌声，合着清脆的乐器伴奏。倾耳静听，今天柳梢上黄莺声特别闹热。这大概是为了今天晨光特别明朗的缘故；但也许是为了今天这里另有一种叮叮冬冬的伴奏声的原故。但这叮叮冬冬究竟是什么声音呢？我连忙起身，跟着声音去寻。寻到爸爸的房间的楼窗边，看见窗外的檐下挂着一个帽子口大的铁圈，铁圈周围挂着许多钟形的小铜片，春晨的和风吹来，铜片互相碰击，发出清脆的叮叮冬冬，自然地成了莺声的伴奏。

这是爸爸今年的新设备，名叫"铁马"。昨天晚上才挂起来，今天早上我第一次听见它的声音。早饭时我问爸爸："铁马有什么用？"爸爸说："在实用方面讲这是报风信的。天起风了，铁马冬冬地响起来，我们就知道天起风。"我说："还有在什么方面讲呢？"爸爸说："还有，在趣味方面讲，这是耳朵的一种慰安。我们要知道天起风，倘不讲趣味而专讲实用，只要买一只晴雨表，看看就知道。或者只要在屋上装一只风车，看见它转动了，就知道天起风。但我们希望在'知道'事实以外又'感到'一种情调，即在实用以外又得一种趣味。于是想出'铁马'这东西来，使它在报告起风的时候发出一种清朗的音，以慰藉人的耳朵。所以这铁马好比鸟声，也是一种'自然的音乐'。我们的生活环境中，有许多自然的音乐，不论好坏，都有一种影响及于我们的感情，比形状色彩所及于我们的影响更深。因为声音不易遮隔，随时随地送入人耳。"

这时候，赶早市的种种叫卖声从墙外传到我们的食桌上："卖——芥——菜！""大——饼——油——炸——桧！""火——肉——粽——子！"音调各异，音色不同，每一声给人一种特异的感觉，全体合起来造成了一种我家的早晨的情趣。我听到这种声音，会自然地感到这是早晨。我想这些也是自然的音乐，不过音乐的成分不及莺声或铁马声那么多。我把这意思说出，引起了姆妈的话。

姆妈说："他们叫卖的时候很准确。我常常拿他们的喊声来代替自鸣钟呢。听见'油沸豆腐干'喊过，好烧夜饭了。听见'猪油炒米粉'喊过，好睡觉了。而且喊得也还好听，不使人讨嫌。最使我讨嫌的是杭州的卖盐声：'盐——'像发条一样卷转来，越卷越紧，最后好像卷断了似的。上海的卖夜报也讨嫌，活像喊救火，令人直跳起来。"

爸爸接着说："你们把劳工的叫声当作音乐听赏太'那个'了！"

姆妈火冒起来，挺起眼睛说道："你自己说出来的！什么'自然的音乐，自然的音乐！'还说我们'那个'？"

爸爸立刻赔笑脸，答道："'那个'我又没有说出！你不必生气。把叫卖声当作自然的音乐，不仅是你。"他改作讲故事的态度，继续说："日本从前有个名高的文学家，——好像是上田敏，我记不正确了——也曾有这样听法。日本东京市内有一种叫卖豆腐的担子，喊的是'托——夫'（即豆腐）两个字。其音调和缓，悠长，而有余音，好像南屏晚钟的音调。每天炊前，东京的小巷里到处有这种声音。善于细嚼生活情味的从前的东洋人，尤其是文学家上田敏，真把此种叫卖声看作黄莺铁马一类的自然的音乐。有一次，东京的社会上提倡合作，有人提议把原有的豆腐担尽行取消，倡办一个大量生产的豆腐制造所，每天派脚踏车挨户分送豆腐。据提议者预算，豆腐价格可以减低不少。可是反对的人很多，上田敏攻击尤力。他的理由是：这办法除使无数人失业而外，又摧残日本原有的生活情调，伤害大和民族性的优美。他用动人的笔致描写豆腐担的叫卖声所给予东京市内的家庭的美趣。确认此改革为得不偿失。两方争论的结果如何，我不详悉。孰是孰非，也不去说它。总之，我们的环境中所起的声音有很大的影响及于我们的感情和生活，是我所确信的。譬如今天早上，我听了铁马和黄莺的合奏，感到，一种和平幸福而生趣蓬勃的青春的气象，心境愉快，一日里做事也起劲得多。早餐也可多吃一碗。"

我对于这些话都有同感。兴之所至，不期地说道："我今天放起风筝来要加一把鹞琴，让它在空中广播和平的音。"

爸爸表示很赞成。但姆妈说："当心削开了手指！"

早餐后我去访华明，约他下午同去放风筝，并要他在上午来相帮我制一把鹞琴。他都欣然地同意，陪我出门，先到竹匠店里买两根长约三尺的篾，拿回我家，就在厢房里开始工作。我们把一根篾的篾青削下来，用小刀刮得同图画纸一样薄。然后把另一根篾弯成弓形，把那片篾青当作弓弦，扎成一把弓。华明握住了弓背在空中用力一挥，那篾青片发出"嗡嗡"的声音，鹞琴就成功了。

下午，风和日暖，华明十二点半就来，拿了风筝和鹞琴，立等我盥洗。我草草地洗了脸，把口琴和昨天姐姐从中学里寄来的新歌谱，藏在衣袋里了，匆匆跟他出门。我们走到土地庙后面高堆山上，把风筝放起。待它放高了，收些鹞线下来，把鹞琴缚在离开鹞子数丈的鹞线上，然后尽量地放线。鹞琴立刻响起来，嗡嗡地，殷殷地，在晴空中散播悠扬浩荡的美音，似乎天地一切都在那里同它共鸣了！

把鹞线的根缚在一块断碑上了，我们不消管守。我们两人可倚在碑脚上闲坐。我摸出口琴来，开始练习姐姐寄我的《风筝》歌。这是她新近在中学校里学得的，《开明音乐教本》第二册里的一首歌。她把五线谱翻成了口琴用的简谱寄给我。我按谱吹奏下去，曲儿果然很好听。其轻快和飘逸的趣味，尤其适合目前的情景。口琴的音衬着鹧琴的音，犹似晨间所闻的黄莺声衬着铁马声，我也感到一种和平幸福而生趣蓬勃的青春的气象。

但是吹到最后一句，我停顿了。因为这一句里有一个高半音的 fa 字，我吹遍了口琴的二十一孔，吹不出这个音来。这怎么办呢？回去问了爸爸再练习。现在且换个纯熟一点的轻快的小曲来点缀这一片春景吧。

原载于《新少年》1937 年 3 月 10 日第 3 卷第 5 期

芒种的歌

❖ 小提琴和胡琴

你听农人们的插秧歌！芒种节到了，农人的辛苦从此开始了。插秧、种田、下肥、车水、拔草……经过不少的辛苦，直到秋深方才收获。他们此刻正在劳苦力作，肚饥心愁，比你每天一小时的提琴练习辛苦得多呢。

五点半到了。收了小提琴，放松弓弦，把琴和弓藏进匣子里，坐在北窗下的藤椅子里休息一下。一种歌声，从屋后的田坂里飘进楼窗来：

"上有凉风下有水，

为啥勿唱响山歌？……"

辽阔的大气共鸣着，风声水声伴奏着，显得这歌声异常嘹亮，异常清脆，使我听了十分爽快。半个月以来身体疲劳，和精神的苦痛，暂时都恢复了。

半个月以前，我进城去参加运动会。闭幕后，爸爸同我去访问新从外国回来的研究音乐的姨丈。姨丈说我很有音乐的天才。于是爸爸出了二十五块钱，托他给我买一只小提琴，并且在他的书架中选了这册枯燥的乐谱，教我天天练习。当时我们听了姨丈的演奏，大家很赞叹。爸爸曾经滑稽地骗我，说姨丈娶了一位外国姨母，很会唱歌的。

我也觉得这乐器的音色真同肉声一样亲切而美丽，誓愿跟他学习。为了我要进学，不能住在城里，爸爸特地请姨丈到我家小住了一个星期，指导我初步。我每天四点钟从学校回家，休息半小时，就开始拉小提琴，一直拉到五点半或六点。姨丈去后，由爸爸指导练习。练到现在，已经半个月了，弄得我身体非常疲劳，精神非常苦痛：我天天站着拉提琴，腿很酸痛；我天天用下巴夹住提琴，头颈好像受了伤。我的左手指天天在石硬的弦线上用力地按，指尖已经红肿，皮肤将破裂了。想要废止，辜负爸爸的一片好意，如何使得？他以前曾费七十块钱给我买风琴。为了我的手太小，搭不着八个键板，我的风琴练习没有正式进行。如今又费二十五块钱给我买提琴，特地邀请姨丈来家教我，自己又放弃了工作来督促我。这回倘再半途而废，如何对得起爸爸？倘再忍耐下去，实在有些吃不消了。

怪来怪去，要怪这册练习书太没道理。天天教我弹那枯燥无味的东西：不是"独揽梅，揽梅花，梅花扫……"便是"独揽梅独，揽梅花揽，梅花扫梅……"从来没有一个好听些的乐曲给我奏。老实说，七十块钱的风琴，二十五块钱的提琴，都远不如一块钱的口琴。那小家伙我一学就会，而且给我吹的都是有兴味的小曲。凡事总要伴着有兴味，才好干下去。现在这些提琴曲"味同嚼蜡"。要我每天放学后站着嚼一个钟头蜡如何使得！……今天的嚼蜡已经过去，且到外面散步一下。我从藤椅子里起身，对镜整理我的童子军装，带着沉重的心情走下楼去。

走到楼下，看见外婆一手提着手巾包，一手扶着拐杖，正在走进墙门来。姆妈上前去迎接她。我走近外婆面前，大喊一声"敬礼"，立正举手。外婆吓了一跳摇了两摇，几乎摇倒在地，幸而姆妈扶得快，不曾跌跤。啊哟，我险些儿闯了祸。但最近我们校里厉行童子军训练，先生教我们见了长辈必须如此敬礼。对外婆岂可不敬？不过我自知今天因为提琴练得气闷，不免喊得太响了些。对面的若是体操先生，我原是十分恭敬的；但换了外婆，我刚才好像就是骂人或斥狗，真真对她不起！幸而姆妈善为解释，外婆置之一笑。然而她的确受了惊吓，当她走过庭院，到厅上去坐的时候，她的手一直抚摩着自己的胸膛。姆妈因此不安，用不快的眼色看我。我自知闯祸，就乘机退避。

走到门边，听见门房间里发出一种声音，咿哑咿哑，同我的小提琴声完全相似。听他所奏的曲子，委婉流丽，上耳甜津津的。这是王老伯伯的房间。难道王老伯伯也出二十五块钱买了一口提琴，而且已经学得这样进步了？我闯进门房间，看见他坐在椅子里，仰起头，架起脚，正在奏乐。他的乐器是在一个竹筒上装一根竹管和两弦线而成的，形如木匠的锯子，用左手扶着，放在膝上拉奏。看他毫不费力，而且很写意，外加奏得很好听。他见我来，摇头摆尾地拉得越是起劲了。我一把握住他的乐器，问他这叫什么，奏的是什么曲。他把弓挂在乐器头上，全部递给我，让我观玩，说道："哥儿有一个琴，我也有一个琴。你的值二十五块钱，我的只花三毛半。这叫做'胡琴'，我刚才拉的叫做《梅花三弄》。你看好听不好听？"

我照他的姿势坐下，也拉拉胡琴看，觉得身体很舒服，发音很容易，远胜于我的提琴，而且音色也不很坏。我想起了：这是戏文里常用的乐器，剃头司务们也常玩着的。但所谓《梅花三弄》，以前我听人在口琴上吹，觉得很不好听，为什么王老伯伯所奏的似乎动人得很呢？我问他，他笑道："这叫做熟能生巧。我现在虽然又穷又老，年轻时也曾快活过来。那时候，我们村里一班小伙子，个个都会丝竹管弦。迎起城隍会来，我们还要一边走路，一边奏乐呢。那时拉一支《拜香调》，我现在还没有忘记。"说着就从我手中夺过胡琴去，咿哑咿哑地又拉起来。这是一种低级趣味的音乐，爸爸所称为靡靡之音的。我原感觉得不可爱，但似有一种魔力，着人如醉，不由我不听下去。听完了不知不觉地从他手里接过胡琴来，模仿着他的旋律而学习起来了。王老伯伯得了我这个知音，很是高兴，热心地来指导我。不久，我也在胡琴上学会了半曲《拜香调》，而且居然也会加花。

窗外有一个头在张望，我仔细一看，是爸爸。我犹如犯校规而被先生看见了一般，立刻还了胡琴，红着脸走出门去。爸爸没有问我什么，但说同我散步去。便拉了我的手，走到了屋后的田坂里。路旁有一块大石头我们在石头上坐下了。

"你为什么请王老伯伯教那些乐器？"爸爸的声音很低，而且很慢；然而这是他对我最严厉的责备了。我不敢假造理由来搪塞，就把提琴练习如何吃力，如何枯燥无味，以及如何偶然受胡琴的诱惑的话统统告诉了他。最后我毅然地说："但这也不过是暂时的感觉。以后我一定要勇猛精进，决不抛弃我的小提琴。"

爸爸的脸色忽然晴朗了，怡然地说："我很能原谅你。这是我的疏忽，没有预先把提琴练习的性状告诉你，而一味督察你用功。今天幸有这个机会，让我告诉你吧。你要记着：第一，音乐并不完全是享乐的东西，并非时时伴着兴味的。在未学成以前的练习时期，比练习英文数学更加艰苦，需要更多的努力和忍耐。第二，人生的事，苦乐必定相伴，而且成正比例。吃苦愈多，享乐愈大；反之，不吃苦就不得享乐。这是丝毫不爽的定理，你切不可忘记。你所学的提琴，是技术最难的一种乐器。须得下大决心准备吃大苦头，然后可以从事学习的。从今天起，你可用另一副精神来对付它，暂时不要找求享乐，且当它是一个难关。腿酸了也不管，头颈骨痛了也不管；指头出血了也不管，勇猛前进。通过了这难关，就来到享乐的大花园了。"

　　这时候，夕阳快将下山，农夫还在田坂里插秧。他们的歌声飘到我们的耳中：

　　　　"上有凉风下有水，

　　　　为啥勿唱响山歌？

　　　　肚里饿来心里愁，

　　　　哪里来心思唱山歌？……"

　　爸爸对我说："你听农人们的插秧歌！芒种节到了，农人的辛苦从此开始了。插秧、种田、下肥、车水、拔草……经过不少的辛苦，直到秋深方才收获。他们此刻正在劳苦力作，肚饥心愁，比你每天一小时的提琴练习辛苦得多呢。"

　　我唯唯地应着，跟着他缓步归家。回家再见我的提琴，它似乎变了相貌，由嬉笑的脸变成严肃的脸了。

松柏凌霜竹耐寒

这乐曲那么短小，那么简单，那么缓慢，那么平易；初唱时毫无趣味，然而越唱兴味越深长起来，慢慢地使人认识它所特有的深长伟大的曲趣。别的乐曲被遗忘之后，这乐曲还是可爱地印象在我的脑中。

　　寒假中，爸爸的老朋友陆先生来我家做客。他带给我们两只口琴，和两本他自己著作的《口琴吹奏法》。口琴是爸爸托他向上海买来给我们的。《口琴吹奏法》是他送给我们的礼物。但他这一次还要送我们一件更可贵的礼物：就是教我们吹口琴。前几天爸爸写信告诉他，说我和姐姐欢喜音乐，曾把我家的七个人比作一个音阶，很有意味。因此要托陆先生选买两只口琴，由邮局寄来，使寒假中的我家增添一些音乐的空气。陆先生一讲起口琴，兴味同泉水一般涌出来。就回爸爸信，说他本要来同爸爸叙叙，口琴由他亲自带来，并且教我们吹奏。我们收到这封信，全家十分欢迎。爸爸欢迎他的老朋友。姆妈欢迎一切客人，何况是以前曾经同我们在他乡结过邻的陆先生呢？我和姐姐则欢喜我们这位口琴教师和两只新口琴，想不到在此外又得到两册装帧美丽的新书。

　　我们到公共汽车站上迎接他到家，已是上灯时候。他从皮箧里取出口琴和书给了我们，说一声"等一会儿教你们吹"，就同爸爸谈个不休。姆妈忙着烧酒菜，我和姐姐忙着做小圆子，预备给陆先生酒后当点心吃。但一半也为自己要吃。家里打年糕，新磨的糯米粉非常细致，做成黄豆大的小圆子，伴着桔子和糖烧起羹来，非常好吃。我们已经尝试了一次，今天以请陆先生为名，再来吃一顿看。

　　陆先生同爸爸走出书房间来。爸爸指着我们对陆先生说："这好比是'夜雨剪春韭'，等一会儿我们还要'一举累十觞'呢！"陆先生笑着回答说："倘使'十觞亦不醉'的话，等一会儿我们还要'口琴闹一场'，哈哈哈！"我们听说陆先生改作的一句诗，大家笑起来。这首杜甫的诗，姐姐在中学里读过，新近她教了我，我已经读熟。当时我家的情景，真同诗境一样。我们就不约而同地齐声背唱起那首诗来：

少年音乐和美术故事

　　　　人生不相见，动如参与商。

　　　　今夕复何夕，共此灯烛光。

　　　　少壮能几时，鬓发各已苍。

　　　　访旧半为鬼，惊呼热中肠。

　　　　焉知二十载，重上君子堂。

　　　　昔别君未婚，儿女忽成行。

　　　　怡然敬父执，问我来何方。

　　　　问答未及已，儿女罗酒浆。

　　　　夜雨剪春韭，新炊间黄粱。

主称会面难，一举累十觞。

十觞亦不醉，感子故意长。

明日隔山岳，世事两茫茫。

　　这首诗好比是晚餐的前奏曲，他们在晚餐的桌上追忆过去，谈种种旧事。有时大家好笑，有时大家叹息。这一餐就遥遥无期地延长起来。我心头抱着一种希望，好像还有一样很好的菜蔬，没有发出来似的。仔细一想，原来是饭后的吹口琴。连忙吃完了饭，跑到厢房里，先去试新。我完全没有吹过口琴，拿了这只光彩夺目的小乐器，却无可如何它。幸而姐姐不久也来了，她在中学里曾经见人吹过，略懂得一点吹法。她就教我。中央一组音阶中各字的位置，do，mi，sol 吹，re，fa，la 吸，顺次相间，还容易弄清楚。我们就用最缓慢的拍子，合奏起一只最简单的小曲来。上口很容易，音色很清朗，这真是只可爱的小乐器！

　　陆先生听见了口琴声，兴致勃发，叫我们跑过去吹给他听。姐姐难为情似的上前说道："我们都是完全不曾学过的，请陆先生吃过了酒教我们。"陆先生把酒杯一放，从衣袋中摸出一只吹得很旧了的口琴来，对我们说道：

　　"你们刚才吹得很好！稍微学一学就更好了。先要学手和口的姿势。手要这么拿琴，口要含住五个孔，这才好加伴奏，使乐曲热闹起来。你们刚才吹的时候，嘴定张得不大，只含住一两个孔。这样奏出来的只是单音，没有加伴奏，所以音乐比较的单调。倘加了伴奏量要华丽

星星唱着自己的歌 ⋯⋯

100

得多。你们听！"

他张大嘴巴，把口琴一口含住，好比花猫拖鱼似的。忽然繁弦急管之声从他的颔下滚滚地流出，一会儿弥漫堂前，满堂的人都听得出神。阿四倚在门上歪着头听，口角上流下唾涎来。音乐抑扬顿挫地经过了种种转折，方始告终。我们大家拍手叫道："好听，好听！"陆先生把口琴向空中挥两下，用手帕把它一揩，从容地说道："这一曲叫做《天国与地狱》，是西洋的名曲。因为加着伴奏，所以好听。加伴奏的方法也很容易知道：嘴巴含住五个洞，用舌头把左方的四个洞塞住，不使发音；单让右方的一个洞发单音。这单音所奏的就是乐曲的旋律。每一拍，舌头放开一次，即有一串与这单音相调和的和弦响出，来辅助那单音，这样就叫加伴奏。"他说过之后又奏一个加伴奏的音阶给我们听，教我们先照此练习。

我们依他的指示练习一下看，果然很容易。而且很好听。在陆先生吃两碗饭的期间中，我们已把音阶的伴奏练得很纯熟。陆先生愈加高兴了，草草地洗一洗面，漱一漱口，就翻开那册《口琴吹奏法》来，说道："来，这一曲很容易而且好听，不妨作为初步伴奏练习的乐曲。你们看，画一个尖角的地方，舌头开放一次，我先奏一遍你们听听。"

我们看着乐谱听他奏，但见那歌的题目是《自励》，旋律和歌词都很简单。

自 励

```
3 - 5 - | 1 2 3 - | 2 - 3 6 | 5 - ·0 |
松  柏    凌 霜    竹  耐    寒，

3 - 5 - | 1 2 3 - | 5 - 2 3 | 1 - ·0 |
如  何    桃 李    已  先    残？

5 - 6 - | 6 - 5 - | 5 4 2 5 | 3 - ·0 |
只  因    能  力    分  强    弱，

5 - 1 - | 2 - 3 - | 2 - 2 7 | 1 - ·0 ‖
非  是    天  心    两  样    看。
```

第二遍，我们跟了他吹，居然也跟得上，不过伴奏加得不大均匀。陆先生教我们吹奏时用脚在地上踏拍子，可使伴奏均匀起来。这方法果然很有效。继续练过数遍，我们已能同陆先生合奏。一个字也不脱板了。

我们学会了《自励》之后，又到《口琴吹奏法》中另找简短的乐曲来练习，兴味很好。但是姆妈恐怕我们吹伤了肺，劝我们明天再吹。我们兴味正浓，再三不肯放手。最后姆妈把两只口琴拿去藏好了。

陆先生要同爸爸在书房间里作长夜之谈。我们先睡了。我躺在床里回想这晚上的事，感到两种疑问：第一，口琴伴奏的和弦，顺次排列在口琴上，不是像弹风琴地用手指去选出来的。那么为什么每次都很调和呢？这一定同口琴的构造和乐理有关。我明天要问问陆先生看。第二，寒假中听人唱了不少的乐曲；姐姐把中学校里唱过的歌一一唱给我听。宋慧明和他的姐姐宋丽金唱《渔光曲》和《月光光》给我们听。绰号标准美人的金翠娥又来唱《葡萄仙子》和《毛毛雨》给我们听。这些曲子，有的很长大，有的很复杂，有的很急速，有的很困难。然而我对它的兴味都不很浓，其中像《渔光曲》和《月光光》，听了四肢发软，人几乎要软倒在地上。《葡萄仙子》和《毛毛雨》尤其不堪入耳。我听了连隔夜饭都要吐出来。独有今天陆先生指示我们的那曲《自励》，使我永远不会忘记了。这乐曲那么短小，那么简单，那么缓慢，那么平易；初唱时毫无趣味，然而越唱兴味越深长起来，慢慢地使人认识它所特有的深长伟大的曲趣。别的乐曲被遗忘之后，这乐曲还是可爱地印象在我的脑中。歌词中说："松柏凌霜竹耐寒，如何桃李已先残。"在我心中的"音乐之园"里，别的曲都好像先残的桃李，这一曲真是凌霜的松柏或耐寒的竹了。这也许和作曲法有关。明天我也要问问姐姐，爸爸，或陆先生看。

原载于《新少年》1937 年 2 月 10 日第 3 卷第 3 期

翡翠笛

摘豆做笛

"南北山头多墓田，清明祭扫各纷然。纸灰化作白蝴蝶，血泪染成红杜鹃。日落狐狸眠冢上，夜归儿女笑灯前。人生有酒须当醉，一点何曾到九泉！"从前姐姐读这首诗，我听得熟了。当时不知道什么意思，跟着姐姐信口唱，只觉得音节很好。今天在扫墓船里，又听见姐姐唱这首诗。我问明白了字句的意味，不觉好笑起来，对姐姐说："这原来是咏清明扫墓的诗，今天唱，很合时宜；但我又觉得不合事理：我们每年清明上坟，不是向来当作一件乐事的么？我家的扫墓竹枝词中，有一首是'双双画桨荡轻波，一路春风笑语和。望见坟前堤岸上，松阴更比去年多'。多么快乐！怎么古人上坟会哭出'血泪'来，直到上好坟回家，还要埋怨儿女在灯前笑呢？末后两句最可笑了：'人生有酒须当醉'，人生难道是为吃酒的？酒醉糊涂，还算什么'人生'？我真不解这首诗的好处。"

爸爸在座，姐姐每逢理论总是不先说的。她看看我，又看看爸爸，仿佛在说："你问爸爸！"爸爸懂得她的意思，自动地插嘴了："中国古代诗人提倡吃酒，确是一种颓废的人生观。像你，现代的少年人，自然不能和他们同情的。但读诗不可过于拘泥事实，这首诗的末两句，也可看作咏叹人生无常，劝人及时努力的。却不可拘泥于酒。欢喜吃酒的说酒，欢喜做事的不妨把醉酒改作做事，例如说'人生有事须当做，一件何曾到九泉！'不很对么？"姐姐和我听了这两句诗，一齐笑起来。

爸爸继续说："至于扫墓，原本是一件悲哀的事。凭吊死者，回忆永别的骨肉，哪里说得上快乐呢？设想坟上有个新冢，扫墓的不是要哭么？但我们的都是老坟，年年祭扫，如同去拜见祖宗一样，悲哀就化为孝敬，而转成欢乐了。尤其是你们，坟上的祖宗都是不曾见过面的，扫墓就同游春一般。这是人生无上的幸福啊！"我听了这话有些凛然。目前的光景被这凛然所衬托，愈加显得幸福了。

扫墓的船在一片油菜花旁的一枝桃花树下停泊了。爸爸、姆妈、姐姐和我，三大伯、三大妈和他家的四弟、六妹，和工人阿四，大家纷纷上岸。大人们忙着搬桌椅，抬条箱，在坟前设祭。我们忙着看花，攀树，走田塍，折杨柳。他们点上了蜡烛，大声地喊："来拜揖！来拜揖！"我们才从各方集合拢来，到坟前行礼。墓地邻近有一块空地，上面覆着垂杨，三面围着豆花，底下铺着绿草，如像一只空着的大沙发，正在等我们去坐。我们不约而同地跑进去，席地而坐了。从附近走来参观扫墓的许多村人，站在草地旁看我们。他们的视线集中在姐姐身上。原来姐姐这次春假回家，穿着一身黄色的童子军装，不男不女的，惹人注意。我从衣袋里摸出口琴来吹，更吸引了远处的许多村姑。

我又想起了我家的扫墓竹枝词："壶嗑纷陈拜跪忙，闲来坐憩树荫凉。村姑三五来窥看，中有谁家新嫁娘。"所咏的就是目前的光景。

忽然听得背后发出一种声音，好像羊叫，衬着口琴的声音非常触耳。回头看见四弟坐在蚕豆花旁边，正在吹一管绿色的短笛。我收了口琴跑过去看，原来他的笛是用蚕豆梗做的：长约半尺多，上面有三五个孔，可用手指按出无腔的音调来。我忙叫姐姐来看。四弟常跟三大妈住在乡下的外婆家，懂得这些自然的玩意儿。我和姐姐看了都很惊奇而且艳羡，觉得这比我们的口琴更有趣味。我们请教他这笛的制法。才知道这是用豌豆茎和蚕豆茎合制而成的。先拔起一枝蚕豆茎来，去根去梢去叶，只剩方柱形的一段。用指爪在这段上摘出三五个孔，即为笛身。再摘取豌豆茎的梢，约长一寸，把它插入方柱上端的孔中，笛就完成。吹的时候，用齿把豌豆茎咬一下，吹起来笛就发音。用指按笛身上各孔，就会吹出高低不同的种种音来。依照这方法，我和姐姐各自新制一管。吹起来果然都会响。可是各孔所发的音，像是音阶，却又似 do 非 do，似 re 非 re，不能吹奏歌曲。我的好奇心活跃了："姐姐，这些洞的距离，必有一定的尺寸。我们随意乱摘，所以不成音阶。倘使我们知道了这尺寸，我们可以做一管发音正确的'豆梗笛'，用以吹奏种种乐曲，不是很有趣么？"姐姐的好奇心同我一样活跃，说道："不叫做豆梗笛，叫做'翡翠笛'。爸爸一定知道这些孔的尺寸。我们去问他。"

爸爸见了我们的翡翠笛，吃惊地叫道："呀！蚕豆还没有结子，怎么你们拔了这许多豆梗！农人们辛苦地种着的！"工人阿四从旁插嘴道："不要紧，这蚕豆是我家的，让哥儿们拔些吧。"爸爸说："虽然你们不要他们赔偿，他们应该爱护作物，不论是谁家的！"姐姐擎着她的翡翠笛对爸爸说："我们不再采了。只因这里的音分别高低，但都不正确。不知怎样才能成一音阶，可以吹奏乐曲？"爸爸拿过翡翠笛来吹吹，就坐在草地上，兴味津津地研究起来。他已经被一种兴味所诱，浑忘了刚才所说的话，他的好奇心同我们一样地活跃了。大人们原来也是有孩子们的兴味，不过平时为别种东西所压迫，不容易显露罢了。我的爸爸常常自称"不失童心"，今天的事很可证明他这句话了。

阿四采了一大把蚕豆梗来，说道："这些都是不开花的，拔来给哥儿们做笛吧。反正不拔也不会结豆的。"姐姐接着说："那很好了。不拔反要耗费肥料呢。"爸爸很安心，选一枝豆梗来，插上一个豌豆梗的叫子，然后在豆梗上摘一个洞，审察音的高低，一个一个地添摘出来，终于成了一个具有音阶七音的翡翠笛。居然能够吹个简单的乐曲。我们各选同样粗细的豆梗。依照了他的尺寸，各制一管翡翠笛，果然也都合于音阶，也能吹奏乐曲。我的好奇心愈加活跃了，捉住爸爸，问他："这距离有何定规？"

爸爸说："我也是偶然摘得正确的。不过这偶然并非完全凑巧，也根据着几分乐理。大凡吹动管中空气而发音的乐器，管愈长发音愈低，管愈短发音愈高。笛上开了一个洞，无异把管截断到洞的地方为止。故其洞愈近吹口，发音愈高，其洞愈近下端，发音愈低。箫和笛的制造原理就根据在此。刚才我先把没有洞的豆梗吹一吹，假定它是 do 字。

然后任意摘一个洞，吹一下看，恰巧是 re 字。于是保住相当的距离，顺次向吹口方向摘六个洞，就大体合于音阶上的七音了。吹的时候，六个洞全部按住为 do，下端开放一个为 re，开放二个为 mi……尽行开放为 si。这是管乐器制造的原理。我这管可说是原始的管乐器了。弦乐器的制造原理也是如此，不过空管换了弦线。弦线愈长，发音愈低；弦线愈短，发音愈高。口琴风琴上的簧也是如此：簧愈长，发音愈低；簧愈短，发音愈高。但同时管的大小，弦的粗细，簧的厚薄，也与音的高低有关。愈大，愈粗，愈厚，发音愈低；反之发音愈高。关于这事的精确的乐理，《开明音乐讲义》中'音阶的构成'一章里详说着。我现在所说不过是其大概罢了。"

"大概"也够用了；我们用余多的豆梗，照这"大概"制了种种的翡翠笛。其中有两枝，比较的最正确，简直同竹笛一样。扫墓既毕，我们把这两枝翡翠笛放在条箱里，带回家去。晚上拿出来看，笛身已经枯萎了。爸爸见了这枯萎的翡翠笛，感慨地说："这也是人生无常的象征啊！"

原载于《新少年》1937 年 4 月 10 日第 3 卷第 7 期

外国姨母

❖ 什么样的人适合学提琴

好，考取了！他的耳朵颇能辨别音的高低，他的手指颇能供耳朵的驱使——这两个条件合格，就有学小提琴的资格了。明天我给他去选购乐器吧！

联合运动会于星期五闭幕。星期六休息一天。星期日例假。这样，我有了接连两天的假日。怎样利用它呢？

星期五傍晚，运动会已告结束，我们在旅馆里整顿行李，预备回校的时候，忽然爸爸来找我了。这里都是先生，同学，和别的学校的朋友。其中忽然站出一个爸爸来，使我感觉异常。见了爸爸，我的年龄好像打了个对折，由一个独立的少年变成了一个依赖的小孩。何况在公事已经完毕，休假尚在后头的当儿。我整行李的手立刻软了下来，全身忽然感到疲倦，上前去说："爸爸，你也来了？我们的运动会已经开好了！明天放假后天星期！"

爸爸说："我有事到城，顺便来看看你的。明天放假，倘你今天不必跟同学们一起回校，就跟我一同住在姨丈家，明天在城里玩玩，再回家吧。"我未及回答，华先生一面给学生打铺盖，一面仰起头来招呼爸爸："柳先生！你也在城里？就请同如金留住在城里吧。反正明天后天都放假。况且我们的汽车本来挤得很！"爸爸说："那很好，镇上会！"我就带了自己的行李，跟爸爸坐上了一辆黄包车，飘飘然地离群而去。华明送我到旅馆门口。临别时我感到一种惆怅，好像很对他不起似的。在黄包车里，爸爸告诉我："这姨丈在你五岁时离国，到西洋去留学，直到最近回来。所以你见了他恐怕记不清楚了。"我问："姨母呢？"爸爸告诉我："姨母在他离国前一年死去，你更记不得了。"最后爸爸又笑着说："但姨丈又娶了一位外国姨母回来，现在和他同住着。这位外国姨母很会唱歌。等会儿你可听见她唱，唱得非常好听的！"

　　黄包车所拉到的姨丈家，是一所精致的小洋房。里面一位穿着洋装披着长头发的中年男子出来迎接我们，这人就是姨丈。我约略有些记得的。我行过礼，在爸爸身旁的椅子上坐下，就有一个男仆给我倒茶，却不见外国姨母出来。我起来对姨丈说："我要见见姨母！"姨丈的眼睛和嘴巴都张大了，回答不出。爸爸笑着从旁说："姨母要晚餐后才可见你，唱歌给你听，现在她是不见客的。哈哈！"姨丈也笑了。我弄得莫名其妙，怀疑地坐下了。

　　晚餐时，并不见姨母出来同吃，我更觉得奇怪，但没有再问。

　　黄昏，爸爸说："我们上楼去吧。同你去见见外国姨母。"我跟了他们上楼，楼上也是一个精致的房栊，陈设很雅洁，但是阒无一人。窗下安着一口大钢琴，爸爸坐上去就弹。姨丈开了钢琴顶上的一只匣子，取出一只小提琴来，调一调弦，就同爸爸合奏起来。小提琴这乐器，我在《音乐入门》的插图中看见过；但是看见真物，今天是第一次。这演奏法真别致：乐器夹在下巴底下，奏起来同木匠使锯子一般；而发出来的声音异常柔和，异常委婉，活像一个女子在那里唱歌。我出神地听，听到曲终，不期地叫道："姨丈奏小提琴，活像一个女子在那里唱歌呢！"

爸爸指着姨丈手里的乐器对我说："这位就是你的姨母呀，姨丈从外国带来的。你看她唱的歌多么好听！"

说过之后大家笑起来。我恍然大悟，原来爸爸同我开玩笑。我又忽然记得，有一次姆妈对我说过，我有一位姨母，结婚后一年就病故。姨丈不愿再娶，立志终身研究音乐，独自到外国去留学了。今天所见的一定是这位姨丈。我说："原来如此！我很欢喜音乐，今天要拜见这位姨母，请她教音乐了。"说得大家都笑了。我走过去看姨丈的小提琴。姨丈认真地说："如金也欢喜音乐么？以后我同你一同研究。"爸爸接着说："这孩儿对音乐欢喜是很欢喜的，可惜没有人教。我从前学的都已忘记，不会教他。如今你回国，他倒可以常常来请教。算他幸运！"

姨丈问我学过些什么，我说学过口琴和风琴，但都是初步。姨丈问我欢喜这 violin（小提琴）否，我说很欢喜。我从来不曾听见过这样好听的乐器。口琴携带便利，但是不能吹奏像刚才一样复杂的乐曲。风琴可以弹奏复杂的乐曲，可是笨重得很，携带不便；况且发音沉重而严肃，缺乏活泼之趣。如今我看这 violin，便利、复杂、轻快，而且活泼，真是一个最可爱的乐器。我说："我一定要请姨丈教我 violin。我也去买一口，不知要多少钱？"说着我看爸爸的脸孔。

爸爸对姨丈说："请你先考他一考看，可学不可学。"又对我说："倘使能通过入学试验，就给你买乐器。"

姨丈叫我坐下，拿起小提琴来，先奏一个悠长的音，对我说："你跟我唱，唱'啦'字，须同我的琴音相和。"我唱了。他点头说："对啦，再来一个！"再来的高了三度。前者若是 do，现在的应是 mi；我就唱了一个高三度的"啦"字。他再来一个，我听来是 re，再来个，我听来是 fa，……我一一和唱了。他越奏越快，度数的跳跃也越大，而且越不规则，我勉励自己的耳朵和喉咙，紧紧地跟着唱，幸而都跟得上。而且很有兴味，因为他所奏的似乎不是乱奏的音，却是一个旋律，能表示一种曲趣的。

约摸跟着唱了十分钟，姨丈收琴，对我说："很好！再给我调调弦看。"他把琴放在我膝上了，教我用左手按弦，用右手去弹。我乱按乱弹不成腔调。姨丈说："先放开手指，弹一下，假定这是 do 字，然后顺次给我按出 re，mi，fa，sol，la，si，do 等字来，都要正确。"我听了有些儿慌：光塌塌的一根弦线，又不像口琴的有孔，又不像风琴的有键，教我怎么按得出音阶来呢？姑且试一试看：我倾耳静听，把食指在弦线上摸来摸去，摸了几回，果然摸出一个很中意的 re 字来，我欢喜得笑起来了。姨丈说："对啦！再来个 mi！"我用中指摸了一回，又摸出一个中意的 mi 来，又笑起来。姨丈说："对啦！再来个 fa！"我用无名指摸了很久，才摸出正确的 fa。自己看看手指，惊奇地说："咦，中指和无名指为什么这般接近，几乎碰着了。"姨丈和爸爸正要指教我，我忽然无师自通，接着叫道："嘎！不错，这是半音！"两个大人同声说："对啦！这是半音！再弹下去！"我弹出了 sol，手指用完了，对姨丈呆看。姨丈说："把手移下一把改用食指去按 sol。"我伸起右手来，用大指刻住了小指按 sol 的地方，然后把左手移下一把改用食指去按小指所按的地方。姨丈摇手道："这不行！这不行！不得教右手相帮，也不得用眼睛看弦线。须得教右手自己摸出来。"我吃惊了。不教右手相帮，犹可说也。眼睛不准看弦线，真是暗中摸索了。教我如何摸得着呢？姨丈见我有些狼狈，指示我一句四言秘诀道："全凭耳朵。"我恍然若有所悟，仰起头，看着天花板，大胆地把左手的食指划下，正好按在小指所按的 sol 字地方，于是 la，si，do 顺次地被我按出了。这样地反复按了三四遍，姨丈夺了我的乐器去，对爸爸说："好，考取了！他的耳朵颇能辨别音的高低，他的手指颇能供耳朵的驱使——这两个条件合格，就有学小提琴的资格了。明天我给他去选购乐器吧！"

这晚上姨丈和爸爸又合奏了许多乐曲，我听了很羡慕。临睡时日，我渴想我的新乐器，巴不得天立刻亮了。

原载于《新少年》1937 年 5 月 10 日第 3 卷第 9 期

音乐家庭

晚餐的转调

晚餐时发生异样的感觉。

过去的半年中，姐姐常在城里的中学校里做住宿生，家里的食桌上总是爸爸姆妈和我三人。我吃饭时左顾右盼，一定看见姆妈的和悦的脸孔和爸爸的笑颜，半年来已经看得很惯了。今晚坐到食桌上，抬头一看，光景忽然异样：姆妈的脸孔忽然不见；却出现了姐姐的齐整而饱满的面庞。原来今天学校开始放寒假，但姐姐于下午从学校回来而姆妈被隔壁三娘娘家邀去吃对亲酒①了。因此晚餐桌上的光景忽然一变，使我发生异样的感觉。

感觉上有什么异样？说也说不清楚。但觉得以前的座上比现在热闹，因为爸爸姆妈两个大人都在座，而且姆妈是欢喜说笑的。又觉得现在的座上比以前更幽静，因为我和姐姐都是小孩，而且姐姐向来是温和沉静的。我不期地把这感觉说了出来："少了一个姆妈，多了一个姐姐，我觉得今天的晚餐很异样。"

---
①对亲酒，意即订婚酒。

姐姐接着说："长调〔大调〕转了短调〔小调〕，感觉当然异样了。"

我忽然忆起了阳历年假中的比喻："爸爸是 do，姆妈是 sol，姐姐是 la，我是 mi。"姐姐说"长调转了短调"，一定和这话有关。照这比喻说，以前的晚餐座上的三人是 do，mi，sol，现在的晚餐座上的三人是 la，do，mi。长调和短调的分别，一定在这上面了。我就问姐姐："你说长调变了短调，就是说 do，mi，sol 变了 la，do，mi 么？我们的先生也讲过，可是我还分不清楚。为什么 do，mi，sol 是长调，la，do，mi 是短调，你现在能简明地告诉我么？姐姐！"

姐姐在爸爸面前很谦虚，侧着头笑道："我也不大讲得清楚，但知道常用 do，mi，sol 三字的是长调的乐曲，常用 la，do，mi 三字的是短调的乐曲。为什么叫做长调短调，你问爸爸吧。"

爸爸不等我发问，笑着说道："你们把我比作 do 把你姆妈比作 sol，把你们两人比作 la 和 mi，倒是很确切而有趣的比喻！音阶中有七个音，那么还有三个音用什么比方呢？"

我和姐姐一同抢着说："徐妈是 fa，阿四是 re，管门的王老公公是 si！我们是音乐的家庭！"

爸爸听了，笑得几乎喷饭。我就再问："为什么 do，mi，sol 是长调，la，do，mi 是短调？"

爸爸说："do，re，mi，fa，sol，la，si，叫做长音阶〔大音阶〕，用长音阶作曲的乐曲，叫做长调乐曲。la，si，do，re，mi，fa，sol，叫做短音阶〔小音阶〕，用短音阶作曲的乐曲，叫做短调乐曲。一个音乐里最常用的，是第一，第三，第五的三个音。所以 do，mi，sol

是长音阶中最常用的音，可以代表长调；la，do，mi 是短音阶中最常用的音，可以代表短调。你吃完了饭可以试唱一遍看：唱 do，mi，sol，do（把第一音重复），感觉热闹而力强，正像你姆妈在家时一样；唱 la，do，mi，la，感觉幽静而柔弱，正像你姆妈换了你姐姐一样。"

我不等吃完饭，就唱起来："do——mi——sol——do。""la——do——mi——la——"真奇怪，前者感觉得阳气腾腾地热闹，后者感觉得阴风惨惨地沉静。后者所不同者，就是 sol 字换了 la 字，姆妈换了姐姐。我忽然想出一种解说，自言自语地说道："嘎！我知道了：姆妈的身体比姐姐长，所以有姆妈的叫做长音阶，有姐姐的叫做短音阶。"爸爸和姐姐听了都笑起来。我自己想想也觉得好笑。接着我就问："不然，为什么用长短两字来分别呢？"

爸爸正在赶紧地吃饭，暂时不响。姐姐怀疑似的轻轻说道："这是长三度〔大三度〕和短三度〔小三度〕的区别吧？"说着看爸爸的脸孔。爸爸吃完了一碗饭，点点头说："到底姐姐说得不错。这是长三度和短三度的区别。什么叫做长三度和短三度？恐怕你还不知道。吃过了饭我教你。"

我连忙伸手接了爸爸的饭碗，说道："我同你添饭，你现在就教我好么？"他笑着答应了，继续说道："你知道么：一个音阶里有七个音，每两个音之间的距离不等。从 mi 到 fa，从 si 到 do，这两处的距离特别短，叫做'半音'，其余的叫做'全音'。故一个音阶是由五个'全音'和两个'半音'造成的。所谓'度'，就是从一个音到另一个音所经过的字数。例如从 do 到 re，经过两个字，叫做二度；

从 do 到 mi，经过三个字，叫做三度；其余不必细说。二度有两种：相距一个'全音'的，叫做'长二度'，例如 do 到 re 便是。相距一个'半音'的，叫做'短二度'，例如 mi 到 fa 便是。三度也有两种：相距两个'全音'的，叫做'长三度'，例如 do 到 mi 便是。相距一个'全音'和一个'半音'的，叫做'短三度'，例如 la 到 do 便是。故长音阶就是第一音（do）与第三音（mi）之间为长三度的音阶，短音阶就是第一音（la）与第三音（do）之间为短三度的音阶。你懂了么？"爸爸说过之后赶快吃饭。

我一面吃饭，一面回想爸爸的话，觉得很有兴味，原来长短音阶的名称是这样来的。我又自言自语地说道："那么从爸爸到我是长三度，从姐姐到爸爸是短三度。"姐姐道："还有从你到我，从爸爸到姆妈，是什么呢？你可不知道了！"

我想不出来，对爸爸看。爸爸放下了饭碗，说："索性统统教了你吧：四度也有两种：相隔两个'全音'和一个'半音'的，叫做'完全四度'，例如 do 到 fa，又如 mi 到 la（姐姐在这里加以注解道：'就是从你到我'）便是。比'完全四度'增多一个'半音'，相距三个'全音'的，叫做'增四度'，例如 fa 到 si 便是。五度也有两种：相距三个'全音'和一个'半音'的，叫做'完全五度'，例如 do 到 sol（姐姐道：'就是从爸爸到姆妈'）便是。比'完全五度'减少一个'半音'，相距两个'全音'和两个'半音'的，叫做'减五度'，例如 si 到 fa 便是。六度也有两种：相距四个'全音'和一个'半音'的，叫做'长六度'，例如 do 到 la 便是。相距三个'全音'和两个'半音'的，叫做'短六度'。七度也有两种：相距五个'全音'和一个'半音'的，叫做'长七度'，例如 do 到 si 便是。相距四个'全音'和两个'半音'的，叫做'短七度'。八度只有一种，含有五个'全音'和两个'半音'，叫做'完全八度'，例如 do 到 do 便是。"

讲到这里，姆妈回来了。姐姐刚吃好饭，立起身来，拉姆妈坐在她所坐过的凳上，说道："好，好，短调又转长调了！"姆妈弄得莫名其妙，我们管自好笑。

姆妈也管自同爸爸讲三娘娘家对亲的事情了。

原载于《新少年》1937 年 1 月 25 日第 3 卷第 2 期

回忆儿时的唱歌

我们的作曲，当然可以采用西洋的技法，但不可放弃中国民族精神，也必须有中国气息才好。

　　我所谓儿时，是指前清宣统二年至民国二年（1910—1913年）的期间。这时候科举已废，学堂初兴。我在故乡浙江石门湾的新办的小学堂里所唱的歌，大都是沈心工编的《学校唱歌集》里的歌曲。学校从嘉兴请来一位唱歌（兼体操）教师，叫做金可铸先生（平湖人）。他弹着一架三组风琴，教我们一班十三四岁的学生唱歌。这是我们最初正式学习唱歌，滋味特别新鲜；所唱的歌曲也特别不容易忘记。直到五十年后的今天我还能背诵好几首可爱的歌曲。现在根据回忆默写三曲在下面（沈心工编的书，现已不容易找到了）。

　　我每逢回忆此种歌曲，总觉得可爱。倒并非为了留恋我的儿时，却是为了这些歌的确好。例如《扬子江》旋律豪壮、奔放，歌词押韵确切自然，现在唱起来也并不逊色。《女子体操》本来不是我们男孩子唱的，但那时因为歌曲很难得，我们的学校里虽然没有女学生（吾乡小学校男女同学，是后来的事。我儿时学校不收女生），我们男孩子也照样地唱。现在回想觉得好笑。但这首歌词实在作得很好。那时候，半世纪前，沈心工先生就勉励女子求学问，锻炼身体，并且预言了二十世纪中的女性英豪。至于第三曲，诫儿童不可采花，在现在也还是有意义的。沈心工先生的《学校唱歌集》中的歌曲，我们几乎全部都唱，但有许多现在记不清楚了。

扬子江

G 调 $\frac{2}{4}$ 沈心工作歌词

1·1 1 2 | 3·3 3 2 | 1·1 1 6 | 5 — | 6·6 5 6 | 1·2 3 |
长长长，亚洲第一 大水扬子 江。　源青海兮 瞿塘峡，

2·2 2·2 | 3 — | 5·5 5·5 | 5 6·5 | 3·1 2·3 | 2 — |
蜿蜒腾蛟 蟒。　滚滚下荆 扬，千里一泻黄海 黄。

1·2 3 3 | 2 2 5 5 | 3 3 2 2 | 1 — ‖
润我祖国 千秋万岁 历史之荣 光！

女子体操

C 调 $\frac{3}{4}$ 沈心工作歌词

1·3 5 1 | 6 1 6 5 — | 4·5 3 1 | 2 — 1 — | 5 5 4 4 |
娇娇这个 好名　词　我们决计 不要！　我既要我

$3\overset{\frown}{5}32-|5544|3\overset{\frown}{5}32-|1\cdot351|6\overset{\frown}{1}65-|$

学问 好， 我又要我 身体 好。 超超二十 世纪 中，

$4\cdot531|2-1-|$

吾辈也是 英豪！

好朋友

C 调 $\frac{4}{4}$ 沈心工作歌词

$665-|665-|3335|6-\cdot0|5535|$

好朋友， 好朋友 大家牵了 手。 大家牵了

$6-53|2231|5-\cdot0|6677|6-55|$

手， 花园 里边慢慢 走。 好花心里 爱，爱花

$\dot{2}272|6-\cdot0|2-3-|556-|53\overset{\frown}{2}3|$

不可随意采， 留在 枝头看， 比在手里

$\dot{2}76-|5-\overset{\frown}{5}3|6653|2221|2-\cdot0\|$

好百倍。 还有 花的清香 风中吹过 来。

　　我儿时所唱的，另外还有一个歌曲，我记得很清楚。那便是李叔同先生作的《祖国歌》。一九五七年三月七日《文汇报》上黄炎培先生谈李叔同先生的文章中也曾引证这歌曲，是李先生手写的。

祖国歌

C 调 $\frac{4}{4}$

李叔同作歌词

6 6 2 5 | 4 - 1 2 | 4 - 2 4 | 4 6 5 - | 6 6 2 5 |

上 下 数 千 年, 一 脉 延, 文 明 莫 与 肩。 纵 横 数 万

4 - 1 2 | 4 - 6 5 | 4 2 1 - | 1̇ 1̇ 6 6 | 1̇ 1̇ 5 - |

里, 膏 腴 地, 独 享 天 然 利。 国 是 世 界 最 古 国,

6 5 4 4 | 2 4 5 - | 6 5 5 6 | 1̇ - 1̇ 2̇ | 4 - 2 4 |

民 是 亚 洲 大 国 民。 呜 呼 大 国 民! 呜 呼, 唯 我

4 2 1 - | 1̇ 2̇ 1̇ 6 | 5 - 5 6 | 1̇ - 1̇ 2̇ | 1̇ 6 5 - |

大 国 民! 幸 生 珍 世 界, 琳 琅 十 倍 增 声 价

5 1̇ 1̇ 5 | 6 5 4 - | 2 4 1 2 | 4 6 5 - | 5 1̇ 1̇ 5 |

我 将 骑 狮 越 昆 仑, 驾 鹤 飞 渡 太 平 洋。 谁 与 我 仗

6 5 4 - | 6 6 2 5 | 4 - 1 2 | 4 - 6 5 | 4 2 1 - |

剑 挥 刀? 呜 呼 大 国 民, 谁 与 我 鼓 吹 庆 升 平?

1
2
3
⋮
少年音乐和美术故事

　　那正是外患日逼的时候。中国在各国的侵略之下，简直有些支撑不住。一八九四年甲午之战，败于日本。一八九五年割地赔款，与日本讲和。一八九七年德占胶州湾。一八九八年英占威海卫，清廷发生戊戌政变。一八九九年法占广州湾。一九〇〇年八国联军占北京，一九〇一年订约赔款讲和。那时候的有志青年，大家忧心忡忡，慷慨激昂地发挥他们的爱国热忱。李叔同先生这歌曲便是在那时候作的。[1]

---

① 《祖国歌》作于 1905 年。李先生 1910 年从日本回来，1912 年任教于城东女学。

这时候李先生刚从日本回来，在上海杨白民先生所办的城东女学中教音乐。这歌曲在沪学会的刊物上发表之后，立刻不胫而走，全中国各地的学校都采作教材。我的故乡石门湾，是一个很偏僻的小镇，我们的金先生也教我们唱这歌曲。我还记得：我们一大群小学生排队在街上游行，举着龙旗，吹喇叭，敲铜鼓，大家挺起喉咙唱这《祖国歌》和劝用国货歌曲。那时我还不认识李先生，也不知道这歌曲是谁作的。直到我在小学毕业，考入杭州两级师范①，方才认识李先生，方才知道我们以前所唱的《祖国歌》原来就是他作的。

记得当时的同学少年们对这《祖国歌》有两种看法：有一种人认为这歌曲"村俗"，不喜欢它。因为那时候提倡"维新"，处处模仿"泰西"，甚至盲目崇洋。所以他们都喜欢唱沈心工先生的歌曲（旋律是采自西洋和日本的），而不喜欢这首纯粹中国风的歌曲。原来这歌曲的旋律是中国民间所固有的。我幼时请一个卖柴的叫做阿庆的人教胡琴，那人首先教我拉这曲子，其曲谱是"工工四尺上，合四上，四上上工尺……"人们常常听到这曲调，因此视为"村俗"。还有一种人和他们相反，认为这曲子好听，容易上口。但在少年中这种人是少数，而多数是普通的成人。现在回想，我觉得李先生取民间旋律来制作爱国歌，这大胆的创举极可钦佩！多数普通成人爱听这《祖国歌》，就证明这歌曲的群众性很强。换言之，这曲调合乎中国人胃口，具有中国的民族性。可惜那时崇洋习气很盛，李先生提倡以后没有人继续发展这创作路线，以致中国的音乐深入洋化，直到近年才扭转过来。李先生这《祖国歌》可说是提倡民族音乐的最早的先声。

① 指杭州的浙江省立第一师范学校。两级师范是其前身。

任何国家的人都重视自己的民族音乐。沈心工先生的《学校唱歌集》中的旋律大都是从日本采取来的。日本人是模仿西洋歌曲而自己创作的。然而他们所创作的歌曲并不完全和西洋一样，却是"日本风的"。例如上面所举的《好朋友》，日本风尤为显明。日本的国歌：

2 1 2 3 | 5 3 2 0 | 3 5 6 56 | 2 7 6 5 | 3 5 6 0 |

和这《好朋友》很相像，一听就闻得出一股日本气息。我们的作曲，当然可以采用西洋的技法，但不可放弃中国民族精神，也必须有中国气息才好。李先生那首《祖国歌》虽然很简单，但其所以能够不胫而走，搬上全国各地儿童和成人的口头，正是由于富有中国气息的缘故吧。

〔1958 年〕

原载于北京《人民音乐》杂志 1958 年 5 月

少年音乐和美术故事

午夜高楼

感人的音调

近因某种机缘，到一偏僻的小乡镇中的一个古风的高楼中宿了一夜。"金陵津渡小山楼，一宿行人自可愁。"灯昏人静而眠不得的时候，我便想起这两句。其实我并没有愁，读到"自可愁"三字，似觉自己着实有些愁了。此愁之来，我认为是诗句的音调所带给的。"一宿行人自可愁"，这七个字的音调，仿佛短音阶〔小音阶〕的乐句，自能使人生起一种忧郁的情绪。

这高楼位在镇的市梢。因为很高，能听见市镇中各处的声音。黄昏之初，但闻一片模糊的人声，知道是天气还热，路上有人乘凉。他们的闲话声并成了这一片模糊的声音而传送到我这高楼中。黄昏一深，这小市镇里的人都睡静了。我在高楼中的凉床上所能听到的只有两种声音，一种是"柝，柝，柝"，一种是"的，的，的"。我知道前者是馄饨担，后者是圆子担的号音。

于是我想：不必说诗的音调可以感人，就是馄饨担和圆子担的声音，也都具有音调的暗示，能使人闻音而感知其内容。馄饨担用"柝，柝，柝"为号，圆子担用"的，的，的"为号。此法由来已久，且各地大致相同。但我想最初发起用这种声音为号的人，大约经过一番考虑，含有一种用意。不然，一定是为了这两种声音与这两种食物性状自然相合。在卖者默认这种声音宜为其商品做广告，在闻者也默认这两种声音宜为这种食物的暗号，于是通行于各地，沿用至今，被视为一种定规。

试吟味之：这两种声音，在高低，大小，缓急及音色上，都与这两种食物的性状相暗合。馄饨担上所敲的是一个大毛竹管，其声低，而大，而缓，其音色混浊，肥厚，沉重，而模糊。处处与馄饨的性状相似。午夜高楼，灯昏人静，饥肠辘辘转响的时候，听到这悠长的"柝——柝——柝——"自远而近，即使我是不吃肉的人，心目中也会浮出同那声音一样浑浊，肥厚，沉重，而模糊的一碗馄饨来。在从来没有见闻过馄饨担的人，当然不会起这感想，我原是为了预先知道而能作如是想的。然而岂是穿凿附会而作此说？不信，请把圆子担的"的，的，的"给他敲了，试想效果如何？我看这种声音完全不能使人联想起馄饨呢！

圆子担上所敲的是两根竹片，其声高，而小，而急；其色纯粹，清楚，圆滑，而细致。处处与小圆子的性状相似。吾乡称这种圆子为"救命圆子"。言其细小不能吃饱，仅足以救命而已。试想象一碗纯白、浑圆、细小而甘美的救命圆子，然后再听那清脆，繁急，聒耳的"的，的，的"之声，可见二者何等融洽。那救命圆子仿佛是具体化的"的，的，的"。

那"的，的，的"不啻为音乐化的救命圆子。卖扁豆粥的敲的也是"的，的，的"。但有时稍缓。又显见这两种食物的性状是大同小异的。

西洋曾有一班人耽好感觉的游戏。或作莫名其妙的画，称之为"色彩的音乐"；或设种种的酒，代表音阶上各音，饮时自以为听乐，称之为"味觉的音乐"。我这晚在这午夜高楼的凉床上，细味馄饨担与圆子担的声音，颇近于那班人的行径，自己觉得好笑。两副担子从巷的两头相向而来。在我的高楼之下交手而过，"柝，柝，柝"和"的，的，的"同时齐奏，音调异常地混杂，正仿佛尝了馄饨与圆子混合的椒盐味。

最后我回想到儿时所素近的糖担。我们称之为"吹大糖"担。挑担的大都是青田人，姓刘。据父老们说，他们都是刘基的后裔。刘伯温能知未来，曾遗嘱其子孙挑吹大糖担，谓必有发达之一日。因此其子孙世守勿懈。又闻吾乡有刘伯温所埋藏宝物多处，至今未被发掘，大约是要留给挑吹大糖担者发掘的。我家邻近一带门口，据说旧有一个石槛，也是刘伯温设置的，谓此一带永无火灾。我幼时对于这种话很感兴味，因此对于挑吹大糖担者更觉可亲。我家邻近一带，我生以来的确没有遭过火灾；我生以前，听大人说也没有遭过火灾。但我看见挑吹大糖担的人，大都衣衫褴褛，面有菜色，似乎都靠着祖先的遗言在那里吃苦。而且我问他们，有几个并不姓刘，也不是青田人而是江北人。兴味为之大减。以问父老，父老说，他们恐怕我们怪他们来发掘宝物，故意隐瞒的。我的兴味又浓起来。每闻"铛，铛，铛"之声，就向母亲讨了铜板，出去应酬他，或者追随他，盘问他，看他吹糖。他们的手指技法很熟，羊卵脬，葫芦，老鼠偷油，水烟筒，宝塔，都能当众敏捷地吹成，卖给我们玩，玩腻了还好吃。他们对我，精神上，物质上都有恩惠。"铛，铛，铛"这声音，现在我听了还觉得可亲呢。因为锣声暗示力比前两者尤为丰富。其音乐华丽，热闹，兴奋，而堂皇。所以我幼时一听到"铛，铛，铛"之声，便可联想那担上的红红绿绿的各种花样的糖，围绕那担子的一群孩子的欢笑，以及糖的甜味。我想象那锣仿佛是一个慈祥，欢喜，和平，博爱的天使，两手擎着许多华丽的糖在路上走，口中高叫"糖！糖！糖！"把糖分赠给大群的孩子，我正是这群孩子中之一人。但这已是三十年的旧心情了。现在所谓可亲的，也只是一种虚空的回忆而已。朦胧中我又想起了"一宿行人自可愁"之句，黯然地入了睡乡。

廿四〔1935〕年残暑作

原载于《宇宙风》1935年第1卷第2期

儿女

艺术与儿童

近来我的心为四事所占据了：天上的神明与星辰，人间的艺术与儿童，这小燕子似的一群儿女，是在人世间与我因缘最深的儿童，他们在我心中占有与神明、星辰、艺术同等的地位。

回想四个月以前，我犹似押送囚犯，突然地把小燕子似的一群儿女从上海的租寓中拖出，上火车，送回乡间，关进低小的平屋中。自己仍回到上海的租界中，独居了四个月。这举动究出于什么旨意，本于什么计划，现在回想起来，连自己也不相信。其实旨意与计划，都是虚空的，自骗自扰的，实际于人生有什么利益呢？只赢得世故尘劳，做弄几番欢愁的感情，增加心头的创痕罢了！

当时我独自回到上海，走进空寂的租寓，心中不绝地浮起这两句《楞严》经文："十方虚空在汝心中，犹如白云点太清里；况诸世界在虚空耶！"

晚上整理房室，把剩在灶间里的篮钵、器皿、余薪、余米，以及其他三年来寓居中所用的家常零星物件，尽行送给来帮我做短工的、邻近的小店里的儿子。只有四双破旧的小孩子的鞋子（不知为什么缘故），我不送掉，拿来整齐地摆在自己的床下，而且后来看到的时候常常感到一种无名的愉快。直到好几天之后，邻居的友人过来闲谈，说起这床下的小鞋子阴气迫人，我方始悟到自己的痴态，就把它们拿掉了。

朋友们说我关心儿女。我对于儿女的确关心，在独居中更常有悬念的时候。但我自以为这关心与悬念中，除了本能以外，似乎尚含有一种更强的加味。所以我往往不顾自己的画技与文笔的拙陋，动辄描摹。因为我的儿女都是孩子们，最年长的不过九岁，所以我对于儿女的关心与悬念中，有一部分是对于孩子们——普天下的孩子们——的关心与悬念。他们成人以后我对他们怎样？现在自己也不能晓得，但可推知其一定与现在不同，因为不复含有那种加味了。

回想过去四个月的悠闲宁静的独居生活，在我也颇觉得可恋，又可感谢。然而一旦回到故乡的平屋里，被围在一群儿女的中间的时候，我又不禁自伤了。因为我那种生活，或枯坐，默想，或钻研，搜求，或敷衍，应酬，比较起他们的天真、健全、活跃的生活来，明明是变态的，病的，残废的。

有一个炎夏的下午，我回到家中了。第二天的傍晚，我领了四个孩子——九岁的阿宝、七岁的软软、五岁的瞻瞻、三岁的阿韦——到小院中的槐荫下，坐在地上吃西瓜。夕暮的紫色中，炎阳的红味渐渐消减，凉夜的青味渐渐加浓起来。微风吹动孩子们的细丝一般的头发，身体上汗气已经全消，百感畅快的时候，孩子们似乎已经充溢着生的欢喜，非发泄不可了。最初是三岁的孩子的音乐的表现，他满足之余，笑嘻嘻摇摆着身子，口中一面嚼西瓜，一面发出一种像花猫偷食时候的"ngam ngam"的声音来。这音乐的表现立刻唤起了五岁的瞻瞻的共鸣，他接着发表他的诗："瞻瞻吃西瓜，宝姐姐吃西瓜，软软吃西瓜，阿韦吃西瓜。"这诗的表现又立刻引起了七岁与九岁的孩子的散文的、数学的兴味：他们立把瞻瞻的诗句的意义归纳起来，报告其结果："四个人吃四块西瓜。"

于是我就做了评判者，在自己及心中批判他们的作品。我觉得三岁的阿韦的音乐的表现最为深刻而完全，最能全般表出他的欢喜的感情。五岁的瞻瞻把这欢喜的感情翻译为（他的）诗，已打了一个折扣；然尚带着节奏与旋律的分子，犹有活跃的生命流露着。至于软软与阿宝的散文的、数学的、概念的表现，比较起来更肤浅一层。然而看他们的态度，全部精神没入在吃西瓜的一事中，其明慧的心眼，比大人们所见的完全得多。天地间最健全的心眼，只是孩子们的所有物，世间事物的真相，只有孩子们能最明确、最完全地见到。我比起他们来，真的心眼已经被世智尘劳所蒙蔽，所斫丧。是一个可怜的残废者了。我实在不敢受他们"父亲"的称呼，倘然"父亲"是尊崇的。

我在平星的南窗下暂设一张小桌子，上面按照一定的秩序而布置着稿纸、信笺、笔砚、墨水瓶、糨糊瓶、时表和茶盘等，不喜欢别人来任意移动，这是我独居时的惯癖。我——我们大人——平常的举止，总是谨慎，细心，端详，斯文。例如磨墨，放笔，倒茶等，都小心从事，故桌上的布置每日依然，不致破坏或扰乱。因为我的手足的筋觉已经由于屡受物理的教训而深深地养成一种警惕的惯性。然而孩子们一爬到我的案上，就捣乱我的秩序，破坏我的桌上的构图，损毁我的器物。他们拿起自来水笔来一挥，洒了一桌子又一衣襟的墨水点；又把笔尖蘸在糨糊瓶里。他们用劲拔开毛笔的铜笔套，手背撞翻茶壶，壶盖打碎在地板上……这在当时实在使我不耐烦，我不免哼喝他们，夺脱他们手里的东西，甚至批他们的小颊。然而我立刻后悔：哼喝之后立刻继之以笑，夺了之后立刻加倍奉还，批颊的手在中途软却，终于变批为抚。因为我立刻自悟其非：我要求孩子们的举止同我自己一样，何其乖谬！我——我们大人——的举止谨惕，是为了身体手足的筋觉已经受了种种现实的压迫而痉挛了的缘故。孩子们尚保有天赋的健全的身手与真朴活跃的元气，岂像我们的穷屈？揖让、进退、规行、矩步等大人们的礼貌。犹如刑具，都是戕贼这天赋的健全的身手的。于是活跃的人逐渐变成了手足麻痹、半身不遂的残废者。残废者要求健全者的举止同他自己一样，何其乖谬！

儿女对我的关系如何？我不曾预备到这世间来做父亲，故心中常是疑惑不明，又觉得非常奇怪，我与他们（现在）完全是异世界的人，他们比我聪明，健全得多；然而他们又是我所生的儿女。这是何等奇妙的关系！世人以膝下有儿女为幸福，希望以儿女永续其自我，我实在不解他们的心理。我以为世间人与人的关系，最自然最合理的莫如朋友。君臣、父子、昆弟、夫妇之情。在十分自然合理的时候都不外乎是一种广义的友谊。所以朋友之情，实在是一切人情的基础。"朋，同类也。"并育于大地上的人，都是同类的朋友，共为大自然的儿女。世间的人，忘却了他们的大父母，而只知有小父母，以为父母能生儿女，儿女为父母所生，故儿女可以永续父母的自我，而使之永存。于是无子者叹天道之无知，子不肖者自伤其天命，而狂进杯中之物，其实天道有何厚薄于其齐生并育的儿女！我真不解他们的心理。

　　近来我的心为四事所占据了：天上的神明与星辰，人间的艺术与儿童，这小燕子似的一群儿女，是在人世间与我因缘最深的儿童，他们在我心中占有与神明、星辰、艺术同等的地位。

戊辰〔1928〕年韦驮圣诞作于石湾

少年音乐和美术故事

儿童与音乐

我惊叹音乐与儿童关系之大。大人们弄音乐不过一时鉴赏音乐的美，好像喝一杯美酒，以求一时的陶醉。儿童的唱歌，则全心没入于其中，而终身服膺勿失。

儿童时代所唱的歌，最不容易忘记。而且长大后重理旧曲，最容易收复儿时的心。

我总算是健忘的人，但儿时所唱的歌一曲也没有忘记。我儿时所唱的歌，大部分是光绪末年商务出版的沈心工编的小学唱歌。这种书现在早已绝版，流传于世的也大不容易找求。但有不少页清楚地印刷在我的脑中，不能磨灭。我每逢听到一个主三和弦（do，mi，sol）继续响出，心中便会想起儿时所唱的《春游》歌来。

> 云淡风轻，微雨初晴，假期恰遇良辰。
>
> 既栉我发，既整我襟，出游以写幽情。
>
> 绿荫为盖，芳草为茵，此间空气清新。（下略）

现在我重唱这旧曲时只要把眼睛一闭，当时和我一同唱歌的许多小伴侣的姿态便会一齐显现出来：在阡陌之间，携着手踏着脚大家挺直嗓子，仰天高歌。有时我唱到某一句，鼻子里竟会闻到一阵油菜花的香气，无论是在秋天，冬天，或是在都会中的房间里。所以我无论何等寂寞，何等烦恼，何等忧惧，何等消沉的时候，只要一唱儿时的歌，便有儿时的心出来抚慰我，鼓励我，解除我的寂寞，烦恼，忧惧和消沉，使我回复儿时的健全。

又如这三个音的节奏形式一变，便会在我心中唤起另一曲《励学》歌来（因为这曲的旋律也是以主三和弦的三个音开始的）。

> 黑奴红种相继尽，唯我黄人酣未醒。
>
> 亚东大陆将沉没，一曲歌成君且听。
>
> 人生为学须及时，艳李秾桃百日姿。（下略）

我们学唱歌，正在清朝末年，四方多难，人心乱动的时候。先生费了半个小时来和我们解说歌词的意义。慷慨激昂地说，中国政治何等腐败，人民何等愚弱，你们倘不再努力用功，不久一定要同黑奴红种一样。先生讲时声色俱厉，眼睛里几乎掉下泪来。我听了十分感动，方知道自己何等不幸，生在这样危殆的祖国里。我唱到"亚东大陆将沉没"一句，惊心胆跳，觉得脚底下这块土地真个要沉下去似的。

所以我现在每逢唱到这歌，无论在何等逸乐，何等放荡，何等昏迷，何等冥顽的时候，也会警惕起来，振作起来，体验到儿时的纯正热烈的爱国的心情。

每一曲歌，都能唤起我儿时的某一种心情。记述起来，不胜其烦。诗人云："瓶花妥贴炉烟定，觅我童心二十年。"我不须瓶花炉烟，只消把儿时所唱的许多歌温习一遍，二十五年前的童心可以全部觅得回来了。

　　这恐怕不是我一人的特殊情形。因为讲起此事，每每有人真心地表示同感。儿时的同学们同感尤深，有的听我唱了某曲歌，能历历地说出当时唱歌教室里的情况来，使满座的人神往于美丽的憧憬中。这原是为了音乐感人的力至深至大的原故。回想起来，用音乐感动人心的故事，古今东西的童话传说中所见不可胜计，爱看童话的小朋友们，大概都会讲出一两个来的吧。

　　因此我惊叹音乐与儿童关系之大。大人们弄音乐不过一时鉴赏音乐的美，好像喝一杯美酒，以求一时的陶醉。儿童的唱歌，则全心没入于其中，而终身服膺勿失。我想，安得无数优美健全的歌曲，交付与无数素养丰足的音乐教师，使他传授给普天下无数天真烂漫的童男童女？假如能够这样，次代的世间一定比现在和平幸福得多。因为音乐能永远保住人的童心。而和平之神与幸福之神，只降临于天真烂漫的童心所存在的世间。失了童心的世间，诈伪险恶的社会里，和平之神与幸福之神连影踪也不会留存的。

　　廿一〔1932〕年九月十三日为《晨报》作。病中口述，陈宝笔录。

音乐的意义

◆ 高等感觉

用音阶中的音构成旋律配成和声，合了拍子的规则，取了节奏的形式，而在某种人声或某种乐器上表现时，即成为音乐。故音乐可说是「合于理法的声音所构成的艺术」。

　　我们的感觉中，视觉与听觉两者，性质特异，称为"高等感觉"。其所以称为高等者，有两个原因。第一：其他的感觉，如味觉、嗅觉等，意义浅薄，不须修养与进步。视觉与听觉则意义深刻，且必须因修养而进步。第二：其他的感觉，感觉的对象常只限一人（或少数人）所占有。例如一粒糖，被张三吃了，只限张三一人感觉甜，他人不得与之共享；要共享时必须把糖分开，减少各人所享受的分量。视觉与听觉就不然。例如一幅画或一曲歌，张三、李四、王五、赵六等大众皆得平等地看或听，决不因了人多而减少享受的分量。因这原故，视觉与听觉被称为高等感觉。人类为高等感觉造出两种艺术来即"视觉艺术"与"听觉艺术"。视觉艺术中主要者是美术（绘画、雕塑、建筑），听觉艺术中主要者是音乐。

　　故美术是用眼观赏的形状与色彩所构成的艺术，音乐与之相对，是用耳听赏的声音所构成的艺术。

自然界中有种种声音，叫做自然音。自然音中可听赏的很多，例如风声、水声、鸟声是感觉最快美的。然而这等不能算是音乐，因为艺术的构成必合于理法。自然音必须加以整顿，使合于艺术的理法，方才成为音乐。

　　试听风声萧萧，由低音渐渐升高，或由高音渐渐降低，漫然地不分步骤。水声潺潺，昼夜不息地响着，冗长而全无条理。鸟声嘤嘤，虽有一种特色，而非常单调。人类听了这些自然界的美音，就设法给它们整理，而创造音乐。整理方法，例如在风声中发现音有高低之别，就把其高低加以限制，且在其间划分一定的阶级。这样，便造成 do，re，mi，fa，sol，la，si 的"音阶"。故音阶可说是风声的艺术化。又如在水声中发现音有强弱长短之别，就把其强弱长短加以部署，规则地划分段。这样，便造成所谓三拍子、四拍子等的"拍子"，各种的节奏形式，故拍子和节奏可说是水声的艺术化。又如在鸟声中发现音有独得的特色，就把这点性状推广起来，在人声中区别"音色"各殊的种种声部，又造出"音色"各殊的种种乐器。故"声乐"与"器乐"可说是自然界的美音的艺术的发展。前述的音阶中的音，先后继续地组织起来，即成为旋律；同时并行地组织起来，即成为"和声"。由自然音整理而产生音乐，可列表如下：

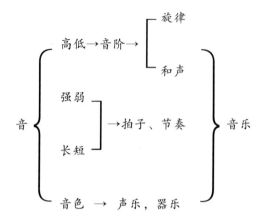

用音阶中的音构成旋律配成和声，合了拍子的规则，取了节奏的形式，而在某种人声或某种乐器上表现时，即成为音乐。故音乐可说是"合于理法的声音所构成的艺术"。

选自上海开明书店出版的《开明音乐教本·乐理编》

（丰子恺、裘梦痕合著）1935 年初版本

音乐与人生

最微妙而神秘的艺术

艺术对于人心都有很大的感化力。音乐为最微妙而神秘的艺术。故其对于人生的潜移默化之力也最大。对于个人，音乐好像益友而兼良师；对于团体生活，音乐是个无形而有力的向导者。

一定有多数的学生感到：上音乐课——唱歌——比上别的课更为可亲，音乐教室里的空气比别处的空气更为温暖。即此一点，已可窥见音乐与人生关系的深切。艺术对于人心都有很大的感化力。音乐为最微妙而神秘的艺术。故其对于人生的潜移默化之力也最大。对于个人，音乐好像益友而兼良师；对于团体生活，音乐是个无形而有力的向导者。

个人所受于音乐的惠赐，主要的是慰安与陶冶。我们的生活，无论求学、办事、做工，都要天天运用理智，不但身体勤劳，精神上也是很辛苦的。故古人有"世智""尘劳"等话。可见我们的理智生活很多辛苦，感情生活是常被这世智所抑制而难得舒展的。给我以舒展感情生活的机会的，只有艺术。而艺术中最流动的、活泼的音乐，给我们精神上的慰安尤大。故生活辛劳的人，都自然地要求音乐。像农夫有田歌，舟人有棹歌，做母亲的有摇篮歌，一般劳动者都喜唱山歌，便是其实例。他们一日间生活的辛苦，可因这音乐的慰安而恢复。故外国的音乐论者说："music as food。"其意思就是说，音乐在人生同食物一样重要。食物是营养身体的，音乐是营养精神的，即"音乐是精神的食粮"。

音乐既是精神的食粮，其影响于人生的力当然很大。良好的音乐可以陶冶精神，不良的音乐可以伤害人心。故音乐性质的良否，必须审慎选择。譬如饮料，牛乳的性质良好，饮了可使身体健康；酒的性质不良，饮了有害身体。音乐也如此，高尚的音乐能把人心潜移默化，养成健全的人格；反之，不良的音乐也会把人心潜移默化，使他不知不觉地堕落。故我们必须慎选良好的音乐，方可获得陶冶之益。古人说，"作乐崇德"。就是因为良好的音乐，不仅慰安，又能陶冶人心，而崇高人的道德。学校中定音乐为必修科，其主旨也在此。所以说，音乐对于个人是益友而兼良师。

团体所受于音乐的支配力更大。吾人听着或唱着一种音乐时，其感情同化于音乐的曲趣中。故大众同听或同唱一种音乐时，大众的感情就融洽，团结的精神便一致。爱国歌可使万民慷慨激昂，军歌可使三军勇往直前，追悼歌可使大众感慨流泪，便是音乐的神秘的支配力的显示。古人有"乐以教和"的话，其意思就是说，音乐能使大众的心一致和洽。故自来音乐的发达与否常与民族的盛衰相关，其例证很多：我国古时周公制礼作乐，而周朝国势全盛，罗马查理大帝（Chartemagne，768—814）的统一欧洲，正是"格列高里式歌谣〔格里哥利圣咏〕"（上代罗马法王〔教皇〕 Gregory I 〔格里哥利一世〕所倡的音乐）发达的时代。普法战争以前的德国，国势非常强盛。当时国内音乐也非常发达，裴德芬〔贝多芬〕（Beethoven）、修裴尔德〔舒伯特〕（Schubert）、孟特尔仲〔门德尔松〕（Mendelssohn）、修芒〔舒曼〕（Schumann）、勃拉姆斯（Brahms）等大音乐家辈出，握世界音乐的霸权。又如西班牙国力衰弱时，国内不正当的俗乐非常流行，日本江户时代盛行淫荡的俗乐，国势就很衰弱。凡此诸例，虽然不能确定音乐的盛衰是民族盛衰的原因，但至少是两者互相为因果的。郑卫的音乐①被称为"亡国之音"。可知音乐可以兴国，也可以亡国。所以说，音乐对于团体是有力的向导者。

今日的中国，正需要着这有力的向导者。我们的民族精神如此不振，缺乏良好的大众音乐是其一大原因。欲弥补这缺陷，需要当局的提倡，作家的努力和群众的理解。这册教科书的效用只及于最后的一项而已。

选自上海开明书店出版的《开明音乐教本·乐理编》

（丰子恺、裘梦痕合著）1935 年初版本

---

①春秋战国时郑卫两国的音乐有"乱世之音"之称。

雄黄角黍过端阳

传统文化篇

『竹为什么不用绿颜料来画，而常用墨笔来画呢？用绿颜料撇竹叶，不更像吗？』

『中国画不注重「像不像」，不同西洋画那么画得同真物一样。凡画一物，只要能表出像我们闭目回想时所见的一种神气，就是佳作了。所以西洋画像照相，中国画像符号。符号只要用墨笔就够了。』

竹 影

❖ 好看的中国画

中国画不注重『像不像』，不同西洋画那么画得同真物一样。凡画物，只要能表出像我们闭目回想时所见的一种神气，就是佳作了。所以西洋画像照相，中画像符号。符号只要用墨笔就够了。

　　这一天我很不快活，又很快活。所不快活的，这是五卅国耻纪念，说起"五卅"这两个字，一幅凶恶的脸孔和一堆鲜红的血立刻出现在我的脑际，不快之念随之而生。所快活的，这是星期六，晚饭后可以任意游乐，没有明天的功课催我就寝。况且早上我听见弟弟和华明打过"电报"：弟弟对他说"今——放——后，你——我——玩"，华明回答他说"放——后——行，吃——夜——后，我——你——玩"。他们常用这种的简略话当作暗号，称之为"打电报"，但我一听就懂得他们的意思：弟弟对他说的是"今天放学后，你到我家玩"，华明回答的是"放学后不行，吃过夜饭后，我到你家玩"。华明本来是很会闹架儿的一个人。近来不知怎样一来，把闹架儿的工夫改用在玩意儿上了，和我们非常亲热。我们种种有趣的玩意儿，没有他参加几乎不能成行。这一天吃过夜饭后他来我家玩，我知道一定又有什么花头。星期六的晚上，两三个亲热的同学聚会在一起，这是何等快活的事！

暑气和沉闷伴着了"五卅"来到人间。吃过晚饭后，天气还是闷热。窗子完全开开了，房间里还坐不牢。太阳虽已落山，天还没有黑。一种幽暗的光弥漫在窗际，仿佛电影中的一幕。我和弟弟就搬了藤椅子，到屋后的院子里去乘凉。同时关照徐妈，华明来了请他到院子里来。

　　我们搬三只藤椅子，放在院角的竹林里，两只自己坐了，空着一只待华明来坐。天空好像一盏乏了油的灯，红光渐渐地减弱。我把眼睛守定西天看了一会，看见那光一跳一跳地沉下去，非常微细，但又非常迅速而不可挽救。正在看得出神，似觉眼梢头另有一种微光，渐渐地在那里强起来。回头一看，原来月亮已在东天的竹叶中间放出她的清光。院子里的光景已由暖色变成寒色，由长音阶〔大音阶〕变成短音阶〔小音阶〕了。门口一个黑影出现，好像一只立起的青蛙儿，向我们跳将过来。来的是华明。

　　"嗄，你们惬意得很！这椅子给我坐的？"他不待我们回答，一屁股坐在藤椅上，剧烈地摇他的两脚。他的椅子背所靠着的那根竹，跟了他的动作而发抖，上面的竹叶作出潇潇的声音来。这引动了三人的眼，大家仰起头来向天空看。月亮已经升得很高，隐在一丛竹叶中。竹叶的摇动把她切成许多不规则的小块，闪烁地映入我们的眼中。大家赞美了一番之后，弟弟说："可耻的五卅快过去了！"华明说："可乐的星期日快来到了！"我说："可爱的星期六晚上已经在这里了！我们今晚干些什么呢？"弟弟说："我们谈天吧。我先有一个问题给你们猜：细看月亮光底下的人影，头上出烟气。这是什么道理？"我和华明都不相信，于是大家走出竹林外，蹲下来看水门汀上的人影。

我看了好久，果然看见头上有缕一缕的细烟，好像漫画里所描写的动怒的人。"是口里的热气吧？""是头上的汗水在那里蒸发吧？"大家蹲在地上争论了一会，没有解决。华明的注意力却转向了别处；他从身边摸出一枝半寸长的铅笔来，在水门汀上热心地描写自己的影。描好了，立起来一看，真像一只青蛙，他自己看了也要笑。徘徊之间，我们同时发现了映在水门汀上的竹叶的影子，同声地叫起来："啊！好看啊！中国画！"华明就拿半寸长的铅笔去描。弟弟手痒起来，连忙跑进屋里去拿铅笔。我学他的口头禅喊他："对起，对起，给我也带一枝来！"不久他拿了一把木炭来分送我们。华明就收藏了他那半寸长的法宝，改用木炭来描。大家蹲下去，用木炭在水门汀上参参差差地描出许多竹叶来。一面谈着："这一枝很像校长先生房间里的横幅呢！""这一丛很像我家堂前的立轴呢！""这是《芥子园》画谱里的！""这是吴昌硕的！"忽然一个大人的声音在我们头上慢慢地响出来："这是管夫人的！"大家吃了一惊，立起身来，看见爸爸反背着手立在水门汀旁的草地上看我们描竹，他明明是来得很久了。华明难为情似的站了起来，把拿木炭的手藏在背后，似乎恐防爸爸责备他弄脏了我家的水门汀。爸爸似乎很理解他的意思，立刻对着他说道："谁想出来的？这画法真好玩呢！我也来描几瓣看。"弟弟连忙拣木炭给他。爸爸也蹲在地上描竹叶了，这时候华明方才放心，我们也更加高兴，一边描，一边拿许多话问爸爸：

"管夫人是谁？""她是一位善于画竹的女画家。她的丈夫名叫赵子昂，是一位善于画马的男画家。他们是元朝人，是中国很有名的两大夫妻画家。"

"马的确难画，竹有什么难画呢？照我们现在这种描法，岂不很容易又很好看吗？""容易固然容易；但是这么'依样画葫芦'，终究缺乏画意，不过好玩罢了。画竹不是照真竹一样描，须经过选择和布置。画家选择竹的最好看的姿态，巧妙地布置在纸上，然后成为竹的名画。这选择和布置很困难，并不比画马容易。画马的困难在于马本身上，画竹的困难在于竹叶的结合上。粗看竹画，好像只是墨笔的乱撇，其实竹叶的方向，疏密，浓淡，肥瘦，以及集合的形体，都要讲究。所以在中国画法上，竹是一专门部分。平生专门研究画竹的画家也有。""竹为什么不用绿颜料来画，而常用墨笔来画呢？用绿颜料竹叶，不更像吗？""中国画不注重'像不像'，不同西洋画那么画得同真物一样。凡画物，只要能表出像我们闭目回想时所见的一种神气，就是佳作了。所以西洋画像照相，中画像符号。符号只要用墨笔就够了。原来墨是很好的一种颜料。它是红黄蓝三原色等量混合而成的。故墨画中看似只有一色，其实包罗三原色，即包罗世界上所有的颜色。故墨画在中国画中是很高贵的一种画法。故用墨来画竹，是最正当的。倘然用了绿颜料，就因为太像实物，反而失却神气。所以中国画家不欢喜用绿颜料画竹；反之，却欢喜用与绿相反对的红色来画竹。这叫做'朱竹'，是用笔蘸了朱砂来撇的。你想，世界上哪有红色的竹？但这时候画家所描的实在已经不是竹，只是竹的一种美的姿势，一种活的神气，所以不妨用红色来描。"爸爸说到这里，丢了手中的木炭立起身来结束地说："中国画大都如此。我们对中国画应该都取这样的看法。"

月亮渐渐升高来，竹影渐渐与地上描着的木炭线相分离，现出参差不齐的样子来，好像脱了版的印刷。夜渐深了，华明就告辞。"明天日里头①来看这地上描着的影子，一定更好看。但希望天不要落雨，洗去了我们的'墨竹'，大家明天会！"他说着就出去了。我们送他出门。我回到堂前，看见中堂挂着的立轴——吴昌硕描的墨竹，——似觉更有意味。那些竹叶的方向，疏密，浓淡，肥瘦，以及集合的形体，似乎都有意义，表出着一种美的姿态，一种活的神气。

原载于《新少年》1936年5月25日第1卷第10期

---

①日里头，即白天。

尝试

——画扇面

中国老式的扇面画题材，最常用的是山水，其次是花鸟，其次是人物。因为山水树木可以遮隐地平线，又可随意高低，最易布置。花鸟可以截取一部分枝叶，不用背景，悬空挂着，也容易安排。人物则必有房屋等为背景，房屋大都显出地平线，又不便随意高低，在扇面中布置最难。

　　姆妈要到城中姨母家去吃喜酒了。我们要读书，不能同去。姆妈临行时对我和弟弟说："回来时买些东西给你。姐姐一件夏衣料，弟弟一副乒乓球。"我说："我衣料不要，买一张白扇面给我吧。"姆妈答允我，去了。爸爸说过："扇面上不一定要画古法的山水花卉，也不妨用西洋画法描现代生活。"我想尝试地画画扇面看。爸爸又说："扇面的弧形框子内，构图很不容易。"我的扇面没有买到，不妨预先想想构图看。华先生上图画课时屡次教我们构图的方法。有一次他用自己的身体作实例，演给我们看，很容易懂，又很发笑，使我从此不会忘记。他走到教室的大门的门槛上，先把身体立正，站在门的正中，问我们："这样好看不好看？"我们中有大多数人回答"好看"。他次把身体移偏一步，大约站在门槛的三等分点上，又问我们："好看不好看？"我们中又有大多数人说"好看"。最后他把身体缩紧了贴在门边上，好像讨饭叫化子的模样，又问我们："好看不好看？"我们大家笑着，一致回答道："很不好看！"于是他走上讲台来对我们说："画图也是这样，譬如今天要画的这个臭药水①瓶，放在正中也好看，放在三分之一处也好看，但贴在边上很不好看。"听见他拿自己比臭药水瓶，我们中有许多人忍不住笑了。从此以后就给他起个绰号，叫做"臭药水瓶"。但当时他全不觉察，得意地继续说："但是你们要知道：前两种虽然都好看，很有分别：第一种好看是'齐整的'，第二种好看是'自然的'。图案画、装饰画、肖像画大都取前者，写生画大都取后者。"又有一次，他教我们画三株青菜。先在我们中选出三个人来，教他们均匀地并立在讲台上，手中各拿一册书，问我们："这么样好看不好看？"我们中有大多数人说"好看"。其次，他教两个人共拿本书，站在讲台的三等分处共看，其余一个人在旁边侧着头借看，问我们："这么样好看不好看？"我们全体致回答，"很好看"。最后，他教这三个人各持一本书，分别站在讲台的三只角上，问我们："这么样好看不好看？"我们全体一致回答："很不好看。"于是他放这三个人回去，对我们说："图画也是如此：譬如这三株青菜，倘描图案画，不妨把同样的三株并列起来，加以装饰风，其形式均齐，对称，而反复，很是好看。倘描写生画，一齐并列就嫌太呆板，分别放在三只角上又嫌太散漫，必须巧妙地布置，使这三株菜集中于一个中心点，而其间又有主有宾。那么既有变化而不呆板，又有系统而不散漫，看去方觉自然。布置之法，就同刚才的三个人一样，把两株菜拉拢在一起，放在三等分的地方，这就是主，就是画的中心点；把另一株菜放得稍稍离开一点，这就是宾，附属于主，倾向于中心点。那么全画既有变化，又有统一，看去很自然了。"

———————————
①即来沙尔（lsol）的俗称。

我回想这些教课，想助成我的扇面的构图。谁知用铅笔一打草稿，立刻发现了很大的困难：无论画臭药水瓶，或青菜，总有一根地平线。我的扇面上倘画地平线，势必从左角通到右角，把扇面横断为畸形的两块，多么难看！我拿这一点去问爸爸。他说："困难就在这地方呀！你们在学校里画的图画，大都显出地平线，不宜于画扇面。扇面上所适用的画材，第一要选择不显出地平线的；第二要选择天生成中央高而左右低的东西。中国老式的扇面画题材，最常用的是山水，其次是花鸟，其次是人物。因为山水树木可以遮隐地平线，又可随意高低，最易布置。花鸟可以截取一部分枝叶，不用背景，悬空挂着，也容易安排。人物则必有房屋等为背景，房屋大都显出地平线，又不便随意高低，在扇面中布置最难。现在你要画扇，不宜取静物，宜取风景。你们虽不画山水，风景写生总练习过。想想看：哪一种景象的形式最适合于扇面形的画框？但同时又要顾到内容：扇是夏天用的，扇上宜画使人看了爽快的景象。"

　　我回到自己房间里，拿出速写簿来翻。翻到远足那天在途中为柳荫下的大石上的三个同学写生的一幅，觉得很适宜于装进扇面中。那株柳树枝叶播得很广，从树顶向两旁渐渐降低，恰像扇面的上边。柳树底下，一块大石耸起在中央，两旁的地和杂草可以稍加改变，使向左右延长且降低，以适合扇面的下部。我选定了画材，拿一张白纸来，用铅笔画一扇形的框，先在纸上试画一遍看。我弃了柳树的顶，使柳条从扇的上边挂下，越发自由了，我把大石放在扇面的横长的三等分地方，以符合构图的规则。我把纸钉在墙上，走远几步眺望，自己觉得很满意。恨不得请姆妈立刻回来，把扇面带给我，让我把这图正式描到扇上去。忽然想到了刚才爸爸所说的最后的几句话，觉得要正式画扇，还有难问题在这里。我所取的景象的内容是不是合于画扇的？我在这景象上题些什么字？三个人坐在柳荫下的大石上，这景象看看倒很爽快，至少不是不配画在扇上的。但题些什么字呢？"远足途中"么？这景象与远足并无多大关系，不过我自己知道是远足中所写的而已。别人看了全然没意义。"柳荫"么？太简单。"晚凉"么？这两字在夏天的人看了倒很爽快，但我嫌字太少。因此忽然想到：我何不改作夜景，看了更加爽快，而且画起来更加容易？我就在柳叶的梢头上，加描一个圆而大的月亮。这一笔加上之后，树木、石头地、杂草、人物，忽然在我心目中变成了暗蓝色。景色非常清凉；而且画时只要用影绘一般的平涂，不必细写树干上，人身上的笔划了。最凑巧的，坐在右旁的那个人正在举手指点，所指着的恰好是月亮，他们仿佛在那里谈月亮的话。这使我想起曾经读过的一首词的第一句："明月几时有？"我欢喜这一句，为它是一个世间最可怪而大家不以为怪的大疑问。我曾同叶心哥哥讨论过，他也觉得很有兴味。现在我这扇面决定就题这五个字。倘然画得不很坏，就把它送给叶心哥哥。他常常关念我的美术练习，屡次把美术品送给我。把这初夏的赠品回敬他，也可当作我对他的成绩报告。等姆妈带到扇面，我决定这样实行吧。

原载于《新少年》1936 年 6 月 25 日第 1 卷第 12 期

贺年

◆ 绘制贺年卡

星星唱着自己的歌……

158

"初升的太阳，常青的松树，高的云，广的海，和活泼地出巢的小鸟，没有一样不表出新年的欢乐和青年的希望。"题的字也很有意味呢！"我们争问爸爸怎么叫做『美意延年』？他继续说："这是出于《荀子》里的。……一个人爱美而快乐，可以康健而长寿。"

  十二月三十一日的清晨，我被弟弟的声音惊醒。他早起身，正在隔壁房里且跳且叫："日历只有一张了！过年了！大家快点起来过年！"随后是姆妈喊住他的声音："如金！静些儿！爸爸被你打觉①了！你已是高小学生，五年级读了半年了，怎么还是这般孩儿气，清早上大声叫跳？"弟弟静了下来，接着低声地向妈妈要新日历看。我连忙披衣起床，心中想：这回是今年最后一次的起床，明天便是新年例假了。这一想使我不怕冷，衣裳穿得格外快些。但回想姆妈对弟弟说的话，又想到我六年级已读了半年，再过半年要毕业了，不知能不能……有些儿担心。

  我一面扣衣纽，一面走进姆妈房中。看见日历上果然只挂着单薄薄的一张纸，样子怪可怜的。弟弟捧着一册新日历，正在窗前玩弄。我走近去一看，只见厚厚的一刀日历，用红纸封好了，装在一片硬纸板上。纸板上端写着某香烟公司的店号。店号下面描着图案，图案中

①打觉，作者家乡方言，意即吵醒。

央作一长方形的圈子，圈子里面印着一个电影明星的照片。不知是胡蝶，还是徐来，我可认不得。但见她侧着头，扭着腰，装着手势，扁着嘴，欲笑不笑，把眼睛斜转来向我看。好像我们校里那个顽皮的金翠娥躲在先生的背后装鬼脸。我立刻旋转头，走下楼去洗脸。我们吃过早粥，赴校的时候，弟弟叮咛地关照姆妈，最后一张日历要让他回来撕，新日历要让他回来开。姆妈笑着答允了。

我们上完了今年最后一天的课，高兴地回到家里。弟弟放了书包就奔上楼，想去撕日历。但被爸爸阻住了。爸爸正坐在窗前的桌子旁边看画册。桌上供着一盆水仙花，一瓶天竹，一对红蜡烛，一只铜香炉，和一只小自鸣钟。——这般景象，我似觉以前曾经看到过，但是很茫然了。仔细一想，原来正是去年今日的事！种种别的回忆便跟了它浮出到我的脑际来。

爸爸对弟弟说："今天是今年最后的一天，我们不要草草过去。我们大家来守岁，到夜半才睡觉。日历也要到夜半才可撕。在夜里，我们还要做游戏，讲故事，烧年糕吃呢！"弟弟听了又跳起来，叫起来。爸爸拉住他的臂膊说："不要性急，今年还有八个钟头呢。你们乘这时候先画一张贺片，向你们的最好的朋友贺年。"

"好，好，好。"我们答应着，抢先飞奔下楼，向书包里去拿画具。途中我记起了：去年图画课中华先生叫我们画贺片，我画一只猪，同学们大家说"难看，难看"，华先生偏说"好看"。他说："你们为什么看轻猪？你们不是大家爱吃它的肉么？"后来我告诉爸爸，爸爸说："因为中国画家向来不画猪，所以大家看不惯。其实也没啥，不过样子不及兔子、山羊那般玲珑罢了。"今年不知应该画什么动物了？等会儿问问爸爸看。

我们把画具端到楼上，放在东窗下的桌上，开始画贺片了。画些什么呢？我就问爸爸明年是什么年。爸爸说明年是丙子年，子年可以画个老鼠。但我所发现的题材，被弟弟抢了去。他说："我画老鼠！老鼠拉车子！昨天我在《小人国》里看见过的。"我同他论理，但他连说"对起，对起，对起，对起"，管自拿铅笔打稿子了。"对起"就是"对不起"，是他近来的口头禅。他每逢自知不合而又不舍得放弃的时候，便这样说。我知道他已热心于画老鼠拉车了，就让让他吧。但是我自己画什么呢？想了好久，记得以前华先生教我们画花的图案，我画得很高兴。现在就画些花的图案吧。

我的颜料没有上完，弟弟已经画好，拿去请爸爸看了。我赶快完成，也拿过去。但见爸爸拿着剪刀正在裁剪弟弟的画纸。一面说着："你画老鼠拉车，不可画得太高。下面剪掉些，上面多留些空地写字吧。"剪成了明信片样的一张，他又说："上面太空，添描一个很长的马鞭吧。"弟弟抢着说："本来是有马鞭的，我忘记了！"爸爸就用指爪在贺片上划一个弯弯的线痕，叫他照样去画。爸爸看了我的画，说："很好看；但你可用更深的红在花瓣上作个轮廓，用更深的绿在叶子上作个轮廓。那么，深红配淡红，深绿配淡绿，好看得多。这叫做'同类色调和'。"我照他所说的去改了。弟弟已经画好马鞭，看看我的画，跳起来说："姐姐用颜料的！不来，不来，我要画过！"就向爸爸嚷着要换。爸爸说："如金！画不一定要用颜料的呀！你姐姐的是'装饰画'，所以用颜料。你的是'记事画'，可以不用颜料。"但弟弟始终不满意，噘起小嘴唇看我的画，连说着"我要画过，我要画过"。这时候姆妈进来了。她听见了弟弟咕噜咕噜，就来看他的画；知道他嫌没有颜料，就对他说："也可以着颜料的。我教你吧：小人的衣服上着红色，小车的轮子上着黄色，老鼠和车子本来是黑色的。"弟弟照姆妈的话做了，觉得果然好看，就笑起来。

爸爸衔着香烟，也走过来看，笑着说："很好，很好，全靠姆妈，不然又要闹气了。但我看红色太孤零，没有呼应。最好拉车的绳子换了红色。"弟弟又抢着说："原是一根红头绳呀！我在《小人国》里看见的。"于是大家商量改的方法。姆妈对我说："逢春！你帮帮他吧。先用橡皮将黑绳略略擦去，然后用白粉调了红颜料盖上去。"我照姆妈的话给他改。弟弟见我改成功了，又连说"对起，对起，对起，对起"。姆妈说："不要'对起'了，且说你们这两张贺片送给哪个。"我和弟弟齐声说出："送给秋家叶心哥哥。"爸爸说"好"。就教我们写字。姆妈说："写好了大家下来吃夜饭吧。吃过夜饭还要守岁呢。上星期叶心曾说放了年假来守岁，黄昏时他也许会来的。"说过，就先自下楼去了。

弟弟吃饭来得最迟，他手里拿着一封信，封壳上贴着一分邮票，写着"本镇梅花弄八号秋叶心先生收，梅花弄二号柳宅寄"。匆忙地对我们说："我到邮政局里去寄了这两张贺片再来吃饭。"就飞奔去了。爸爸笑着说："哈哈！还是秋家近，邮政局远呢！"姆妈也说："恐怕信没有到邮政局，人已经来这里了！"

吃过夜饭，我正在点起红烛，准备守岁的时候邮差敲门了。我们收到一封城里寄来的信。拆开一看，原来是叶心哥哥从县立初级中学寄来的贺年片。附着一封信，说他要今日晚快回家，先把贺片寄给我们，晚上他也来我家守岁。我和弟弟欢喜得很，忙将贺片给爸爸看，爸爸啧啧称赞道："到底不愧为美术家的儿子！又不愧为中学生！他的画兼有你们二人的画的好处呢：逢春画两枝花，形式固然美观了；但是内容没有表示新年的意义。如金画只老鼠，内容原有新年的意义了；但是形式好像《小人国》童话书里的插画，不甚适于贺片的装饰。亏得加了一根长马鞭，把'恭贺新禧'等字钩住，还有点图案的意味。现在看到叶心的画，觉得是两全的了。在形式上，松树占了左边；地，海和朝阳占了下边；青云和松叶占了上边，成了三条天然的花边。在内容上，这几种东西又都含有庆贺新年的意思：初升的太阳，常青的松树，高的云，广的海，和活泼地出巢的小鸟，没有一样不表出新年的欢乐和青年的希望。题的字也很有意味呢！"我们争问爸爸怎么叫做"美意延年"？他继续说："这是出于《荀子》里的。美意就是快美的心，也可说就是爱美的心。延年就是延长寿命。一个人爱美而快乐，可以康健而长寿。这意思比你们的'恭贺新禧'高明得多了。"我听了觉得脸上有些发热同时更佩服叶心哥哥的天才了。爸爸又仔细看他的贺片，摇摇头对姆妈说："叶心的美术的确进步了。你看他布置多匀称：太阳耸得最高的地方，这一行字特地缩短些，交互相补。进中学才半年，就这样进步，这孩子……"姆妈正拿着一本新日历想要去挂。爸爸随手把贺片放在日历上端的电影明星的照片上，说道："咦！大小正好。倘换了这张，好看得多，有意思得多呢。"我本来讨厌这装鬼脸的金翠娥。要挂着了教我看她一年，真有些难受。我连忙赞成爸爸的话，提议把贺片用糨糊粘上。爸爸和姆妈都说"好"，弟弟也说"好"。我就实行我的提议。但把糨糊涂到电影明星的脸上和身上去的时候，我又觉得有些对她不起。旁观的弟弟早已感到这意思，他笑着说："对起，对起，对起，对起！"

不久叶心哥哥来了。他果然还没有收到我们的贺片。我们谢他的贺片，并把爸爸称赞他的话告诉他，羡慕他的美术的进步。他脸孔红了，咬着嘴唇旋转头去，恰好看见了粘在日历上边的贺片。他惊奇地一笑，又转向别处。后来对我们说："待我收到了你们的贺片，把它们镶在镜框里！我们这晚做了种种游戏，讲了许多故事，又吃年糕和桔子。直到敲出十二点钟，方才由弟弟撕去最后一张旧日历，打开新日历。年已经过了！父亲派工人送叶心哥哥归家。我们送他出了门，各自去睡觉。我梦到"美意延年"的画境里，在那松下海边盘桓了多时。醒来时，元旦的初阳已照在我的床上了。

原载于《新少年》创刊号 1936 年 1 月 10 日

爸爸的扇子

『好古』的中国人

中国人有一种特别的脾气，就是『好古』。对于无论什么东西，总以为现在的坏，古代的好。于是生在繁忙时代的人极口赞美古代的清静生活，一心想回转去做古人才好。这梦想就在他们的画里表现出来。

从烧野火饭这一天——立夏日——起，爸爸手里拿了一把折扇。虽然一个月来天气很冷，有几天他还穿棉袍子；但是这把扇子难得离开他的手。我们每天放学回家，看见他总是读着扇子上的字画，在院中徘徊。因为这正是他每天著述工作完毕而开始休息的时候，而他的休息时间娱乐法，最近已由种花种菜改变为读扇与院中散步了。

这曾经使得徐妈奇怪。她有一次对我说："你爸爸每天看那把扇子，看了这多天还看不厌，真耐烦呢！"我笑起来。原来她没有知道，爸爸有一藤篮的折扇，据姆妈说，大约共有一百多把。这是他历年请人书画，积受起来的。每年立夏过后，他就用扇，一两天掉换一把。徐妈不知道这一点，以为他看的老是这一把，所以奇怪起来。我把这情形告诉了她，她更加奇怪了。"咦！一个人有一百多把扇子，好开爿扇子店了！扇子店里也拿不出这许多呢！"

姆妈对于他这点特癖，也常表示不赞成。娘舅家的叶心哥哥入中学时，姆妈向藤篮里拣扇子，对爸爸说："你一个人也用不得这许多扇子。叶心很爱好字画，拣把没有款识的送他作为入中学的纪念品吧。"但是爸爸不肯，反抗地说："我的扇子都有印子，都有年代，而且每一把可以引起对于一书一画的两个朋友的怀念，怎么好拿去送人？你要送叶心，我自己画一把送他吧。倒比送现成的来得诚意。"以后他就把盛扇子的藤篮藏好。因此我们难得看见爸爸的扇子。最近他虽然天天拿着扇子，我们也只看见他拿着扇子而已，没有机会去细看他扇子上写着的字和描着的花。

今天放学回家后，弟弟从便所出来，笑嘻嘻地告诉我说："爸爸的一件宝贝落在我手里了。你看！"他拿出一把扇子来。我接过来一看，正是这几天爸爸手里常常拿着的一把。料想这一定是爸爸遗忘在便所里的。弟弟说："我们暂时不要还他。等他找的时候，要他讲个故事来交换！"我很赞成。同时我想："爸爸天天捧着扇子在院子里踱来踱去地看，究竟扇子上有些什么花样？现在让我仔细看它一看。"但见一面写着字，全是草书，一个也识不得，一面描着画，有山，有树木，山间有一间房子，房子的窗洞里面有一个人，驼着背脊，伸着头颈，好像一只猢狲，看了令人觉得可笑。别的东西也都奇怪：那山好像草柴堆，一条一条的皱纹非常显著。那树木好像玩具，上面的树叶子寥寥数张，可以数得清楚。那房子小得很，只有一个窗洞，窗洞中只容一个人。而且孤零零的，旁边没有邻居，前后左右只是山和树。我不禁代替那猢狲似的人着急：设想到了晚上，暴风雨把这房子吹倒了，豺狼虎豹来吃这人了，喊"地方救命"①也没人答应。细看这环

---

①意即喊附近一带地方上的人来救命。

境里，全是荒山丛林，没有种米的田，种菜的地，不知这人吃些什么过活？这总是爸爸的朋友中的某一位画家所描的，不知这位画家为什么选择这样的光景来描在爸爸的扇子上？难道他自己欢喜住在这样的地方的？不然，难道是爸爸欢喜住在这种地方，特地请他这样描的？我心中诧异得很，就把这感想告诉弟弟。弟弟说："上面有字呢。你看他怎么说的？"我把扇子左角上题着的两句诗念出来："闲坐小窗读《周易》，不知春去几多时。"《周易》我知道的，是中国很古的、又很难读的一部古书，就对弟弟说："啊，原来这人住在这荒山中读古书，读得连日子都忘记，春去了几多时也不晓得呢！"弟弟说："前天我们班里的陈金明在日记簿子上写错了日子，先生骂他'糊涂'。这人连春去了几多时也不晓得，真是糊涂透顶了！"他想了一想，又自言自语地说："扇子上为什么描这样的画，又题这样的诗？这有什么好处呢？"

外面有爸爸懊恼的声音："到哪里去了？我明明记得放在便所里的脸盆架上的，怎么寻破了天也不见……"弟弟向我缩缩头颈，伸伸舌头，拿了扇子就走，我也跟他出去。弟弟把扇子藏在背后，对爸爸说："爸爸找扇子么？我能给你寻着，倘你肯讲个故事给我们听。"爸爸知道他的花样，一面拉着他搜索，一面笑着说："你还了我扇子，晚上讲故事给你听。"弟弟背后的扇子就被他搜去。他把扇子展开来反复细看，看见没有损坏，才表示放心。我乘机把关于画的怀疑质问他："为什么他给你画上一个住在可怕的荒山里，而糊涂得连日子都忘记的人在扇子上？"爸爸笑一笑说："这原是过去时代的大人所欢喜的画，你们当然不会欢喜，也不应该欢喜。"我更奇怪了，接着又问："过去的大人为什么欢喜这个呢？"爸爸坐在藤椅上了，兴味津津地告诉我这样的话：

"中国古时，人口没有现今这么多，交通没有现今这么便，事务没有现今这么忙，因此人的生活很安闲，种田吃饭，织布穿衣之外，可以从容地游山玩水。有的人终年住在山水间，平安地过着清静的生活。但这是远古时代的情形了。到后来，世间渐渐混乱，事务渐渐繁忙，人的生活已不容那么安闲。但是中国人有一种特别的脾气，就是'好古'。对于无论什么东西，总以为现在的坏，古代的好。于是生在繁忙时代的人极口赞美古代的清静生活，一心想回转去做古人才好。这梦想就在他们的画里表现出来。在京里做官的画家，偏偏喜画寒江上钓鱼一类的隐居生活；住在闹市里的画家，偏偏喜画荒山中读古书一类的清闲生活，山水画得越荒越好，人物画得越闲越好。"他指点他的扇子继续说："于是产生了这样的没有邻侣，没有粮食，不怕风雨，不怕虎狼，而忘记了日子的荒山读《周易》图。这原是不近人情的，但在他们看来，越不近人情越好。"说到这里他讥讽地笑起来。接着又认真地说："可是现在这种画不能使多数人欢喜了。因为现在这时代交通这么便，生存竞争这么烈，人生的灾难这么多，人们渐渐知道做过去的梦，无济于事；对于描写过去的闲静生活的画，也就减却了兴味。你们是现代人，在学校里受着现代人的教育，所以你们不会欢喜这种画，也不应该欢喜这种画。不但你们，就是我，对于这种画也不能发生切身的兴味。只是这把扇是三十年前的旧物，我把它当作纪念品看待，当作古董赏玩罢了。"爸爸折叠了扇子，立起身来，用了另一种兴味津津的语调继续说："扇面是中国特有的一种绘画呢！要在弧形的框子里构一幅美观的图，倒是一件很不容易而很有趣味的事呢！其实画扇面不必依照古法，老是画些山水花卉，西洋画风的现代生活的题材，也可巧妙地装进弧形的构图中去。你们不妨试描描看，很有趣味的。"夜饭的碗筷已经摆在桌上。爸爸说过后捧了他的宝贝回进书室去，预先把它藏好了再来吃夜饭。我对于他最后的几句话觉得很有兴味。预备去买一张扇面来试描一下看。

律中夹钟

❖ 中国传统调名

这是中国音乐上的"调名"呀！你做了中国人，只知道C调D调……却不知道中国自己的调名。现在我教你：黄钟"就是C调，顺次下去，愈下愈高，同西洋音乐上的十二调相一致。

风和日暖的一个星期六下午，我放假回家，照例上楼，走进爸爸的书房间里。爸爸正在写信。我靠在窗缘上，对着檐下的铁马闲眺。和暖的春风吹在我脸上，好像一片薄纱，使我感觉非常舒适。这铁马的上端是帽口大的一个铜圈，铜圈上挂着许多钟形的小铜片，每片上镌着文字。它在春风中徐徐旋转的时候，把每个铜片上的文字轮流地显示给我看。我看见每片上镌着两个文字，意义都不解，但觉"钟"字特别多，有什么"仲钟""林钟""应钟""黄钟""夹钟"等。东风偶然着些力，这等"钟"便轻轻地敲响起来，其音清脆，余响不绝。闭目静听，正像身在西湖船中。我想："大概因为铁马声很像钟声，所以铁马上镌着许多钟字。"但我又想："我只知道有上课钟，下课钟，和自鸣钟；却不曾知道有仲钟，林钟，应钟，黄钟，夹钟。这些究竟从甚样的钟呢？"回头看见爸爸信已写完，正在整理桌面，预备休息。我就问他铁马上的文字是什么意思。

这铁马是爸爸今年春天的新制作，这几天他对它的兴味正浓。我问他，他很高兴，走近窗边来，看着了铁马对我说："这是中国音乐上的'调名'呀！你做了中国人，只知道Ｃ调Ｄ调……却不知道中国自己的调名。现在我教你：'黄钟'就是Ｃ调，顺次下去，愈下愈高，同西洋音乐上的十二调相一致。你看，这些钟形的铜片，大小厚薄不同。'黄钟'最大最厚，发音最低。'大吕'比它稍小稍薄，发音稍高。顺次下去，到'应钟'，最小最薄，发音最高。所以风吹铁马，能碰出高低不同的种种音。有时碰得凑巧，成为自然的音乐，非常好听。"

　　Ｄ调，Ｃ调等，我在口琴谱上是常常看见的。但是十二个调子是什么，我没有清楚。我想要求爸爸给我更详细的说明，忽然从窗际望见轮船码头方面的石皮路上，有一群工人扛了只大木箱，向我们这里缓缓地走来。我的注意力被这东西所牵引，暂时忘记了音乐上的事，凭窗闲眺。但是这东西渐行渐近，终于行到了我们的门口，而且进了我们的门。

　　我惊异起来，拉住爸爸的手叫道："爸爸，他们抬进来了！"爸爸问："什么？"我慌张地答道："像棺材模样的一件东西抬进来了！"爸爸皱一皱眉，从椅子里立起身来，向楼窗中一望，立刻喊下去："喂，你们放在天井里吧，我就来了！"说着匆匆地下楼去招呼。

　　我跟他下楼，走到天井里，才知道这是爸爸新买的一架风琴，才由转运公司运到的。爸爸的脾气总是这样：凡做一件事，事先不告诉人，突然地实现，使你们吃惊。据他说，这样可以增加人的兴味。凡新添一件东西，倘事前给我们知道了，我们总要盼望，而且加以想象。

倘然等待太久，盼望的热度会冷却起来，想象的工作会疲倦起来。等到真的东西出现，我们的兴味早已衰败了。倘然盼望过于热心，想象过于丰富，后来看见真的东西往往要失望。因为真的东西往往不及理想的东西那么完美的。这道理是对的。如今这架风琴突如其来，使我意想不到，我对它的兴味就特别浓。我站在天井里，看见爸爸指导工人们打开木箱，拿去了层层的衬纸，发现一口崭新的红木色的五组双簧风琴，然后请工人们扛进，放在书房间里的北窗下。这位置很妥当，好像我家原来是有一架风琴的。但这光景又很新鲜，好像是梦中所见的！爸爸为什么突然买这一架大风琴呢？啊，我记起了，这架风琴是为了一个高半音"4"字而买的。两星期之前，我同华明到土地庙后的高堆山上去放风筝，把放高了的风筝缚在断碑上了，坐在草地上吹口琴。吹的是姐姐从中学里寄给我的《开明音乐教本》里的一曲《风筝》。曲儿非常轻快，我吹得很有兴味。可是吹到最后一句，发现一个"4"字上写着高半音记号，口琴上没有这一个孔，使我无法吹完这乐曲。

我懊恼得很，回家来质问爸爸。爸爸说："口琴有一个大缺点：没有'半音'。因此不能换调子——所以有许多乐曲口琴不能奏。口琴若要吹半音，必须另备一具，并拿在手里，用很敏捷的技法去吹。若要换调子，必须换一只口琴。这是口琴的大缺点。这都是因了口琴上没有'半音'的划分的缘故。若是风琴，有'黑键'划分半音，就可以自由换调子，无论什么乐曲都可以自由弹奏了。"我惋惜那曲《风筝》不能在口琴上吹奏，一时感兴地说道："可惜我家没有风琴，不然，我还可以学得许多好听的乐曲呢。"爸爸有意无意地说道："将来我们去买一架。"我当时不以为意，后来就忘却了。谁知当天晚上他就写信，汇洋七十元，托陆先生在上海选购风琴，就是今天运到的一架。我们的爸爸，衣食住行都很节俭，独不惜买书籍和艺术用品。他为了我的口琴上的一个高半音"4"字，而不惜七十元的重价去买风琴，我心中很感激。我今后非用功音乐不可。

付了风琴运送费，送了工人们酒力，爸爸就同我去试新。最初他说："你前回在口琴上奏那曲《风筝》，因为没有高半音'4'字，奏不成功。如今可在风琴上奏成功了。"说着，就在新风琴上弹奏那曲《风筝》给我听。我以前在口琴上奏，因为没有高半音"4"，暂用本位"4"代替。如今听到正确的演奏，觉得有了这高半音"4"，曲趣果然婉转得多，全曲的结束圆满而富有余韵了。而且风琴的音色，我也很欢喜。口琴的音色华丽，轻快而清朗，近于女性的。风琴的音色庄重，稳定而有力，是男性的。我决计立刻开始学风琴，要求爸爸教我。爸爸用他的大手跨住琴键上的一组音，即七个白键和五个黑键，对我说道："你要学风琴，先得认清楚这十二块板。这就是那铁马的铜片上所镌着的十二个音名。拿张纸来，让我先把琴键的音名和音阶的规则写给你看。"他在纸上画出了这样两图：

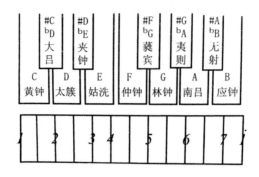

　　他指着上面一图说："你看：五个黑键，七个白键，合成一个音阶。黑键是划分半音的。可知七个白键之中，只有 EF 之间和 BC 之间相隔一个'半音'，其余每两白键间相隔都是两个'半音'，即一个'全音'。这样，一个音阶中一共含有十二个'半音'。懂了么？"他略停一下，指着下面的一图继续说："音阶有一定的规则：'第三、四两音之间和第七、八两音之间必须是半音，其余的每两音间必须是全音。所以以 C 音为第一音的音阶，恰好全是白键，不须用到黑键。这叫做 C 调长音阶〔C 调大音阶〕。'你的口琴，是 C 调的，所有的只是这七个白键的音。五个黑键的音都没有。所以不能高半音，又不能转调。风琴上好在有黑键，故能随意高半音，随意换调。譬如要换 D 为第一音，只要按照'第三四音及第七八音为半音，其余各音间为全音'的音阶规则而推移，即得 D、E、升 F、G、A、B、升 C 的七个音，叫做 D 调长音阶。余类推。"

　　我想了一会，终于悟得了黑键的用处和移调的方法，恍然地叫道：

"我知道了，不管黑键白键，但恪守音阶的规则，则无论哪一键都可以当作第一音（do）。是不是？"爸爸连连地点头，说："对啦！十二个键都可以当作第一音（do），所以音乐上共有十二个调子。现在你已懂得了移调的方法，我且考你一考：中国古代以十二律（即十二个调子）代表十二个月。不从黄钟而从太簇开始（好像西洋调名不从 A 而从 C 开始似的）。即正月律中太簇，二月律中夹钟，三月律中姑洗，四月律中仲钟，五月律中蕤宾，六月律中林钟，七月律中夷则，八月律中南吕，九月律中无射，十月律中应钟，十一月律中黄钟，十二月律中大吕。现在是阴历二月，律中夹钟，即升 D 调或降 E 调。你试把这夹钟调的七个音指出来看。"

我牢记着"第三四音间与第七八音间为半音，其余为全音"的音阶规则，不慌不忙地指出七块键板来："降 E、F、G、降 A、降 B、C、D。"爸爸说："不错！再把十二律统统练习一遍。明天教你弹法吧。"

原载于《新少年》1937 年 3 月 25 日第 3 卷第 6 期

巷中的美音

我根据了这美音而想象，转出来的大约是一位神仙，奏的大约是一管魔笛。不然，为什么这样地动人呢？谁知等了好久，转出来的是一个伛偻而且褴褛的老头子，肩上背着一大捆竹棒头，嘴里吹着一根横笛——也是一根竹棒头。

日长人静的下午，我家东边的巷中常常发出一种美音，婉转悠扬，非常动听的。

今天放学后，我正凭在东楼窗上闲眺，这美音又远远地响来了。我想看一看，究竟是谁奏什么乐器。便把头伸出窗外去探望，但那发音体还在屋后的小弄里，没有转弯，所以我不见一人，但闻那声音渐渐地近起来，渐渐地响起来，渐渐地清爽起来。我根据了这美音而想象，转出来的大约是一位神仙，奏的大约是一管魔笛。不然，为什么这样地动人呢？谁知等了好久，转出来的是一个伛偻而且褴褛的老头子，肩上背着一大捆竹棒头，嘴里吹着一根横笛——也是一根竹棒头。

我很惊奇，看见他一步一步地走近来，心中想到这美音原来是卖笛的广告！但这老头子学得这一口好笛，真是看他不出！继又想道：中国的乐器实在有些神秘！只要在一根毛竹上凿几个洞，就可由此奏出这样婉转悠扬的美音来，何等简单而自然！外国的风琴钢琴笨重而复杂得像一架大机器，对此岂不愧然！

俯偻而且褴褛的老头子带了婉转悠扬的美音而渐行渐近，终于走到了我的窗下。我喊下去：

"喂，你的笛卖不卖？"

"卖的。"老头子仰起头来回答，美音戛然中止了。

"多少钱一支？"

"一毛小洋。"

"你等一等，我走下来同你买。"

我抽开抽斗来数了二十五个铜板，匆忙下楼，走出大门，听见那美音又在奏响了，奏得比以前愈加华丽，愈加动听。我走近老头子身边，老头子收了美音，放下肩上的一捆毛竹棒来，叫我自己选。我选了一管，吹吹看，不成腔调。我说："这管笛不好听，把你刚才吹的一管卖给我吧。"老头子笑着答允了，把他自己吹的笛递给我。我付了钱，拿了笛回家，满望吹出美音来。谁知吹起来还是不成腔调，懊恼得很。

管门的王老伯伯看见了，来安慰我："哥儿不要着急，学起来自会吹得好的。来，我教你吧。"我不意王老伯伯会教音乐，好奇心动，就请他教。他吹一曲"工工四尺上"给我听，虽然吹得不及卖笛老头子这般婉转悠扬，却也很上腔调。只是"工工四尺上"这名目太滑稽，我玩笑地对他说："公公四尺长，婆婆只有三尺长了！"他说："不是这样讲的。喏：六个手指完全按住是'六'。下底开放一指是'五'，开放两指是'乙'，开放三指是'上'，开放四指是'尺'，开放五指是'工'，六指全部开放是'凡'。懂得了这七个字眼，就可吹各

种曲子了。不一定是'工工四尺上'的！"我研究了一下，豁然领悟，原来这是音阶，"六五乙上尺工凡"就是"扫腊雪独揽梅花"，也可说就是"独揽梅花扫腊雪"。王老伯伯所谓"工工四尺上"，就是口琴谱里的 3 3 6 2 | 1 − 5 · 6̣ | 1 − 6̣ 1 | 1 3 2 − |，这在口琴曲里称为《大中华》，原来真是中国的本产货，连王老伯伯都会奏的。我从王老伯伯手里夺回那管笛，自己练习音阶，不久就学会了。我知道这笛上可以吹两种调子：第一种是以六指全部按住为 do，逐一向上开放，即得七音。第二种是以开放三指（即右手全部开放，左手全部按住）为 do 向上开放，周而复始，亦得七音。前者倘是 C 调，后者正是 F 调。这比口琴便利一点。一只口琴只有一个调子，一管笛倒有两个调子。而且笛的音色也不比口琴坏，非常嘹亮，远远的愈加好听。这样单纯的一根竹管头，想不到也具有这样巧妙的机能。中国乐器真是神秘。

我生硬地吹着"工工四尺上"，吹进爸爸的房间里。爸爸问我笛的由来，我把刚才买笛的情形一一告诉他，最后笑着对他说："刚才我吹的，是王老伯伯教我的'公公四尺长，婆婆六尺长'呀！"爸爸也笑起来，从我手里取过笛去吹了一会，对我说："你是中国人，却只知道西洋的阶名，听到中国自己的阶名时反觉得好笑。这才真是好笑咧。我告诉你：中国也有音名和阶名。音名，前回我已对你说过，就是铁马上所刻着的十二律'黄钟、大吕、太簇、夹钟、姑洗、仲钟、蕤宾、林钟，夷则、南吕、无射、应钟'。约略相当于西洋的十二调'C、升C、D、升D、E、F、升F、G、升G、A、升A、B'。阶名，有古乐及俗乐两种。古乐里的阶名，就是七音'宫、商、角、变徵、徵、羽、变宫'，因为其中有两个仅加一变字，故又叫做'五音'。俗乐里的阶名，便是王老伯伯所说的'上尺工凡六五乙'。大约相当于西洋的七音'独揽梅花扫腊雪'。现今学京剧昆剧的，大都用这七个音当作阶名。从音乐的练习上讲，'宫商'和'工尺'都不及'独揽'的便利。所以现今东洋各国，都废止了自己原有的阶名而采用西洋的'独揽'。所以'独揽'现已成为世界共通的阶名，仿佛西历已成为世界共通的公历了。不过做了中国人，中国原有的音名阶名也应该知道。所以你不要讥笑王老伯伯，他倒是能够保存国粹的呢。哈哈！"

我窥察爸爸今天谈兴很好，就向他发表刚才的感想："我看卖笛的老头子，比王老伯伯更加稀奇。我只听见婉转悠扬的笛音而未见其人的时候，想象其人大约是个神仙，吹的大约是管魔笛。谁知等他走近来一看，原来是个伛偻而且褴褛的老头子，吹的只是这样的一根竹管。吹出来的音那样地动人，真是出我意料之外！"

爸爸说："这还不算稀奇。你想象这是仙人吹魔笛，我就讲一个仙人吹魔笛的故事给你听吧：从前有一个外国地方，忽然来了无数的老鼠。满城的房屋和街道，都被老鼠占据了。这些老鼠很横行，要吃人的食物，要咬人的衣服，白昼也不避人。满城的百姓，都不得安居。但都想不出驱逐老鼠的方法。有一天有一个吹笛的老头子——大约就像你今天所见的老头子一般模样的——来到城里，对人说他能驱除老鼠，但每只要一毛钱，人民见他貌不惊人，不敢相信；市长说姑且教他一试，就答允他的条件，请他驱鼠。这老头子吹着笛向河边走，无数老鼠都跑出来，跟了他走。走到河边，统统跳到河里，不再出来了。老头问最后一只大老鼠说：'一共几只？大老鼠说：'一共九十九万九千九百九十九只。'说过之后，也跳进河里。于是城里的老鼠都驱除了。老头子向市长要九十九万九千九百九十九毛钱。市长图赖了，对他说：你要钱，拿凭据来。见一只死老鼠，给你一毛钱。老头子拿不出凭据，也不要钱了。但他又吹笛，向山林方面走去。这回吹的比前愈加好听，满城的小孩子都跑出来，跟着他走。跟到山里，山脚上的岩石忽然洞开，老头子走进洞，满城的小孩子统统跟进洞。洞就关闭，只剩一个跷脚孩子没有被关进。他因为脚有毛病，走不快，所以没有被关进。满城的大人们都来寻孩子，只寻着一个跷脚孩子。跷脚孩子把别的孩子的去处告诉大人们。大人们拿了锄头铁耙，拼命地掘岩石，始终掘不出孩子来。于是这城就变成了一个（除了一个跷脚孩子以外）没有孩子的寂寞的城！这城至今还存在呢。音乐的感化力有这般伟大，你信不信？"我未及回答，外面客人来了，爸爸匆匆出去。

　　这时巷中的笛声又远远地响着了。原来出巷便是市梢，没有人买笛，所以他每次吹出巷，又吹回来。我听见笛声，连忙走到东窗口去眺望。我再见这伛偻而褴褛的老头子时，不觉得稀奇而觉得可怕。再听他的笛声，也不复是以前的悠扬婉转的美音，却带着凄凉神秘的情调了。他走近来了，我连忙关窗。我不欢喜我的笛了，预备把它送给王老伯伯。

原载于《新少年》1937年4月25日第3卷第8期

新年怀旧

现在回想，这种鼓乐最宜用为太平盛世的点缀。丝竹管弦之音固然幽雅，但其性质宜于少数人的清赏，非大众的。

新年真是一个极盛大的欢乐时节！一切空气温暖而和平，一切人公然地嬉戏。没有一个人不穿新衣服，没有一个人不是新剃头。尤其是我，正当童年时代，不知众苦，但有一切乐。我的新年的欢乐，始于新年的前夕。

大年夜的夜饭，我故意不吃饱。留些肚皮，用以享受夜间游乐中的小食，半夜里的暖锅，和后半夜的接灶圆子。吃过夜饭，店里的柜台上就点着一对红蜡烛，一只风灯。红蜡烛是岁烛，风灯是供给往来的收账人看账目用的。从黄昏起，直至黎明，街上携着灯笼收账的人陆续不绝。

这在我这样的孩子们看来，真是一年一度的难得的热闹。平日天一黑就关门。这一天通夜开放，灯火满街。我们但见一班灯笼进，一班灯笼出，店堂里充满着笑语和客气话。心中着实希望着账款不要立刻付清，因此延长一点夜的闹热。在前半夜，我常常跟了我们店里的收账员，向各店收账。每次不过是看一看数目，难得收到钱。但遍访各店，在我是一种趣味。他们有的在那里请年菩萨，有的在那里准备过新年。还有的已经把年夜当作新年，在那里掷骰子，欢呼声充满了店堂的里面。有的认识我是小老板，还要拿本店的本产货的食物送给我吃，表示亲善。

我吃饱了东西回到家里，里面别是一番热闹：堂前点着岁烛和保险灯。灶间里拥着大批人看放谷花。放的人一手把糯米谷撒进镬子里去，一手拿着一把稻草不绝地在镬子底上撩动。那些糯米谷得了热气，起初"拍，拍"地爆响，后来米脱出了谷皮，渐渐膨胀起来，终于放得像朵朵梅花一样。这些梅花在环视者的欢呼声中出了镬子，就被拿到厅上的桌子上去挑选。保险灯光下的八仙桌，中央堆了一大堆谷花，四周围着张开笑口的男女老幼许多人。你一堆，我一堆，大家竞把砻糠剔去，拣出纯白的谷花来，放在一只竹篮里，预备新年里泡糖茶请客人吃。

我也参加在这人丛中，但我的任务不是拣而是吃。那白而肥的谷花，又香又燥，比炒米更松，比蛋片更脆，又是一年中难得尝到的异味。等到拣好了谷花，端出暖锅来吃半夜饭的时候，我的肚子已经装饱，只为着吃后的"毛草纸揩嘴"的兴味，勉强凑在桌上。所谓"毛草纸揩嘴"，是每年年夜例行的一种习惯。吃过年夜饭，家里的母亲乘孩子们不备拿出预先准备着的老毛草纸向孩子们口上揩抹。其意思是把嘴当作屁眼，这一年里即使有不吉利的话出口，也等于放屁，不会影响事实。但孩子们何尝懂得这番苦心？我们只是对于这种恶戏发生兴味，便模仿母亲，到茅厕间里去拿张草纸来，公然地向同辈，甚至长辈的嘴上去乱擦。被擦者决不忿怒，只是掩口而笑，或者笑着逃走。于是我们擎起草纸，向后面追赶。不期正在追赶的时候，自己的嘴却被第三者用草纸揩过了。于是满堂哄起热闹的笑声。

元旦日，大家起身迟。吃过谷花糖茶，白日的乐事，是带了去年底预先积存着的零用钱、压岁钱，和客人们给的糕饼钱，约伴到街上去吃烧卖。我上街的本意不在吃烧卖，却在花纸儿和玩具上。我记得，似乎每年有几张新鲜的花纸儿给我到手。拿回家来摊在八仙桌上，引得老幼人人笑口皆开。

晏晏地吃过了隔年烧好的菜和饭，下午的兴事是敲年锣鼓。镇上备有锣鼓的人家不很多，但是各坊都有一二处。我家也有一副，是我的欢喜及时行乐的祖母所置备的。平日深藏在后楼，每逢新年，拿到店堂里来供人演奏。元旦的下午，大街小巷，鼓乐之声遥遥相应。

现在回想，这种鼓乐最宜用为太平盛世的点缀。丝竹管弦之音固然幽雅，但其性质宜于少数人的清赏，非大众的。最富有大众性的乐器，莫如打乐〔打击乐器〕。俗语云："锣鼓响，脚底痒。"因为这是最富有对大众的号召力的乐器。打乐之中，除大锣鼓外，还有小锣，班鼓，檀板，大铙钹，小铙钹等，都是不能演奏旋律的乐器。因此奏法也很简单，只是同样的节奏的反复，不过在轻重缓急之中加以变化而已。像我，十来岁的孩子，略略受人指导也能自由地参加新年的鼓乐演奏。

一切音乐学习，无如这种打乐之容易速成者。这大概也是完成其大众性的一种条件吧。这种浩荡的音节，都是暗示昂奋的，华丽的，盛大的。在近处听这种音节时，听者的心会忙着和它共鸣，无暇顾到他事。好静的人所以讨厌打乐，也是为此。从远处听这种音节，似觉远方举行着热闹的盛会，不由你的心不向往。好群的人所以要脚底痒者，也正是为此。试想：我们一个数百户的小镇同时响出好几处的浩荡的鼓乐来，云中的仙人听到了，也不得不羡慕我们这班盛世黎民的欢乐呢。

新年的晚上，我们又可从花炮享受种种的眼福。最好看的是放万花筒。这往往是大人们发起而孩子们热烈赞成的。大人们一到新年，似乎袋里有的都是闲钱。逸兴到时，斥两百文购大万花筒三个，摆在河岸一齐放将起来。河水反照着，映成六株开满银花的火树，这般光景真像美丽的梦境。东岸上放万花筒，西岸上的豪侠少年岂肯袖手旁观呢？势必响应在对岸上也放起一套来。继续起来的就变花样。或者高高地放几十个流星到天空中，更引起远处的响应；或者放无数雪炮，隔河作战。闪光满目，欢呼之声盈耳，火药的香气弥漫在夜天的空气中。当这时候，全镇的男女老幼，大家一致兴奋地追求欢乐，似乎他们都是以游戏为职业的。

独有爆竹业的人，工作特别多忙。一新年中，全镇上此项消费为数不小呢：送灶过年，接灶，接财神，安灶……每次斋神，每家总要放四个斤炮，数百鞭炮。此外万花筒，流星，雪炮等观赏的消耗，更无限制。我的邻家是业爆竹的。我幼时对于爆竹店，比其余一切地方都亲近。自年关附近至新年完了，差不多每天要访问爆竹店一次。这原是孩子们的通好，不过我特别热心。我曾把鞭炮拆散来，改制成无数的小万花筒，其法将底下的泥挖出，将头上的引火线拔下来插入泥孔中，倒置在水槽边上燃放起来，宛如新年夜河岸上的光景。虽然简陋，但神游其中，不妨想象得比河岸上的光景更加壮丽。

这种火的游戏只限于新年内举行， 平日是不被许可的。因此火药气与新年，在我的感觉上有不可分离的联关。到现在，偶尔闻到火药气时，我还能立刻联想到新年及儿时的欢乐呢。

选自上海开明书店出版的《缘缘堂再笔》1937 年初版本

援绥① 游艺大会

古人苦心经营，发明一种有特色的字体，确是美术上的创作。但后人何必一定要学他，而且定要学得很像呢？。我主张写字要各人自成一体，同各人的脸孔一样。

天气一天冷似一天，不知不觉地入了严冬。校庭中，以前郁郁苍苍的梧桐树，如今变成赤裸裸的几根树枝；以前青青的草地，如今很像一片焦土；以前到处有三三五五的散步者，如今连狗都不见一只；以前常常拥挤着笑脸的教室窗子，如今都紧紧地关闭，只让一只烟囱的弯臂膊伸出在外面，向灰色的寒空中乱吐黑烟。——室外充满了严寒的气象。

然而在大会堂的室内，正与室外相反，充满了热烈的气象。这并非为了生着火炉的原故；只因敌兵侵犯绥北，我军在冰天雪地中抗敌，居然获得胜利。所以全校的同学少年个个异常愤慨而且兴奋，正在热烈地开会讨论援绥的办法。"背了竹筒向路人募捐，办法不好：不懂事的人要说我们像叫化子，不明白的人还以为我们拿去自己用的。我看还是开个游艺大会，发卖门票，每张大洋一角。大家分担推销：先生们每人担任十张，同学们每人担任五张。这样，我们全校二十几位

---

① 绥，系我国旧绥远省简称，1954 年撤销，并入内蒙古自治区。

先生和四百多同学，一共可以推销二千多张，就有二百余元可以寄送绥北去慰劳抗敌将士。背了竹筒募捐，哪里能得这数目？"学生会会长提议。全体同学一致拍手赞成。会长继续说：

"关于游艺大会推销门票的办法，蒙全体一致赞成，很好很好。现在我们来继续讨论这游艺大会的内容。会中所表演的，无非音乐、跳舞、演剧等种种艺术。但这不是每人都能参加的。我的意思，应由各级分别选择出长于艺术的人才来，组织一个筹备会。然后由筹备会安排节目，分派任务，克日练习，定期表演。"大家又是一阵拍手赞成。

经过了其他种种讨论之后，方始散会。各班同学各自回到自己的教室，由级长主席，分别选择游艺大会筹备会会员。我们这班里投票的结果，我当选了。当晚筹备会就成立，借全校最大的春一教室开第一次会议。会员共有六十三人，男同学五十人，女同学十三人。我向全体回视一周，觉得这里所包含的不外两种人：一种是平日最热心图画音乐的人，一种是平日最会噪的人。推举主席，讨论节目，分派任务……大约经过两小时之久。结果我被选为装饰股干事。

次日午饭后至上课的空闲，我们的装饰股干事开会。有的人担任办器物，有的人担任借衣饰，有的人担任制背景……派到我名下的是绘制各种标语和大会门前的匾额。和我合作的还有一人，就是二年级的男同学秋叶心。他是我的小学时代的同学，同乡，又是亲戚。本来很亲近，自从入中学以来，为这学校的校风——男女同学除上课外极少接近——所碍，反而生疏起来。我常觉得这是一种不自然，不合理，而且幼稚的校风。这回，在众心一致的爱国热情之下，这种校风开始被打破了。在集会时，大家忘记了男女的区别，共同讨论。在筹备中，大家忘记了男女的区别，共同办事。这真是可喜的事。叶心哥本来最怕人笑，平日偶尔遇见我时绝不理睬，好似遇见仇敌一般。这回方始回复了从前的态度。他笑着对我说："敌人的侵略，反使我们全校同学更加亲密了！"我说："不仅同学如此，全国民众一定也会因了敌人的侵略而更加亲密起来呢！"我们就商量我们的工作。

标语条子是小小的，还容易绘制。门口的大匾额，做起来倒很费事。"画图案字吧？""请先生写大字吧？""用棉花堆出来吧？""用马粪纸剪出来吧？"我们二人商量了好久，终于不决，就一同到秦先生房间里请教。

秦先生说："图案字画得好，也很醒目；但现今有许多图案字广告，把字体变得奇奇怪怪，非常难看，甚至不认识。变成了美术上的一种流行病，你们切不可犯。一定要请擅长书法的先生写，也可不必。你们两人的字体都还清秀，我看还是自己写。"叶心哥说："听人说，书法有种种体裁，都要根据种种碑帖而练习的。我们毫无练习，怎么敢写大字呢？"我接着说："我以前只临过郑孝胥的大字帖，总是临不像。后来这人做了卖国贼，我气煞了，立刻把帖撕碎，从此不再临帖！"叶心哥和秦先生都笑起来。随后她说："碑帖中的字固然写得好；初学时笔划未整，不妨临摹。但用笔渐有把握之后，不必临摹，只要看看各种字体的结构，笔力的轻重，以供自己的参考，也就够了。写字一定要模仿古人，这一说我很反对。"我们同声表示赞同。她继续说："古人苦心经营，发明一种有特色的字体，确是美术上的创作。

但后人何必一定要学他，而且定要学得很像呢？我主张写字要各人自成一体，同各人的脸孔一样。古人苦心经营的结果——那种碑帖——可供我们参考，但不是教我们依样画葫芦的。用图画的眼光来看书法，字无非是各种线条的结合。各种字体，皆因线条结合法不同而生。而线条结合法的不同，分析起来不外两条路，第一是线条的构造。这好比图画的构图，又好比造屋的木材。第二是线条的粗细刚柔。这好比图画的笔法，又好比造屋的盖砌。前者当然比后者更为重要。譬如图画，构图不好，笔法虽好无益。譬如造屋，木材架子搭得不好，盖砌虽好无用。再用人体来比方字，线条的构造犹之骨骼，线条的粗细刚柔犹之筋肉。骨骼倘有缺陷，筋肉虽然健全，其人终是残废者。"这时候，恰巧驼背的王妈提了水壶进来倒开水，见了她，我们三人一齐笑起来，弄得她莫名其妙。

素性温厚的秦先生立刻注意到了自己的行为近于残酷，赶快敛住笑声，继续对我们说："所以我劝你们自己去写。只要笔划的构造妥帖，笔划的粗细刚柔适当，能使观者得到明白爽快的印象，便是好字。但切莫模仿那种无理地好奇的图案字！至于用棉花堆，用马粪纸剪，我看也可不必。去买那种淡黄色的布，用鲜红色写上"援绥游艺大会"六个字。四周也不用花纹，但用双线加一道边。这样，色彩温暖而有生气，形式正大而明快，很可以象征你们的爱国热忱呢。"我们领教，告辞。

办到了布和颜料，先由叶心哥用木炭在布上划出每个一尺半见方的六个字的骨骼，然后由我一一附上筋肉去。经过几度修改之后，两人同把红颜料涂上去。——我们的写大字真同画图一样。

　　画好了字，抬出去晒。许多人走过来看。有的同学问："字谁写的？"我说："他写的。"他说："她写的。"他们笑着说："你们二人同写的？真是'同心'的了！"我们被说得难为情起来。不意校长的声音在人丛背后响出："很好！正要万众'同心'，才可援绥抗敌！"于是大家齐声呐喊起来：

　　"万众同心！援绥抗敌！"

　　　　　　原载于《新少年》1936 年 12 月 25 日第 2 卷第 12 期

蛙鼓

合奏与齐奏

蛙的鸣声真像合奏，所以古人称它为「蛙鼓」。不但其音色如鼓，仔细听起来，其一断一续，一强一弱，好像都有节奏。这是不愧称为合奏的。

舅妈要生小弟弟了，姆妈到外婆家去做客，晚上也不回来。家里只剩我和爸爸两人。爸爸就叫我宿在他的房间里，睡在窗口的小床里。

今天天气很热，寒暑表的水银柱一直停留在八十七度上，不肯下降。爸爸点着蚊香，躺在床里看书。我关在小床里，又闷又热，辗转不能成寐。我叫爸爸："爸爸，我睡不着，要起来了。"

"现在已经十点钟了。再不睡，明天你怎能起早上学呢？"

"明天是星期日呀，爸爸！"

"啊，我忘记了！那你起来乘乘凉再睡吧。我也热得睡不着，我们大家起来吧。"

我的爸爸最爱生活的趣味。他曾经说，我和姐姐未上学时，他的家庭生活趣味丰富得多。我和姐姐上学之后，虽然仍住在家，但日里到校，夜里自修，早眠早起，参与家庭生活的时机很少。这使得爸爸扫兴。去年姐姐到城里的中学去住宿了，家里只剩我一个孩子。而我又做学校的学生的时候多，做爸爸的儿子的时候少。爸爸的家庭生活愈加寂寥了。然而他的兴趣还是很高，每逢假期，常发起种种的家庭娱乐，不使它虚度过去。

这些时候他口中常念着一句英语："Work while work，play while play！"用以安慰或勉励他自己和我们。我最初不懂这句外国话的意思。后来姐姐入中学，学了英语，写信来告诉我，我才知道。姐姐说，每句第一个字要读得特别重，那么意思就是"工作时尽力地工作，游戏时尽情地游戏"。这时爸爸从床上起来，口里又念着这句话了：

"Work while work，play while play！现在是星期六晚上，天这样闷热，我们到野外去作夜游吧！"

"楼下长台脚边，还有两瓶汽水在那里呢！"这是我最关心的东西，就最先说了出来，"我们带到野外去喝吧！"

"这里还有饼干呢，今天外婆派人送来的，一同拿到野外去作夜'picnic'〔'郊游，野餐'〕吧！检出你的童子军干粮袋来，把汽水、枇杷统统放进去，你背在身上。汽水开刀不可忘记！"爸爸的兴趣不比我低。于是大家穿衣，爸爸拿了拐杖，我背了行囊，一同走下楼去。我向长台脚下摸出两瓶汽水，把它们塞进干粮袋里，就预备出门。

"轻轻地走，王老伯伯听见了要骂，不给我们出去的！"我走到庭心里，忘记了所伴着的是爸爸，不期地低声说出这样的话来。爸爸拉住我的手，吃吃地笑着，不说什么，只管向大门走。走到门房间相近，他忽然拉我立定，也低声说："听！他们在奏音乐！"我立停了，倾耳而听，但闻门房间里响着最近唱过的《五月歌》。我跟着音乐，信口低唱起那首歌来：

> 愿得江水千寻，洗净五月恨；
> 愿得绿荫万顷，装点和平景。
> 雪我祖国耻，解我民生愠。
> 愿得猛士如云，协力守四境。

爸爸听了我唱的歌，很惊诧，低声地问："是谁奏乐？"我附着他的耳朵说："是王老伯伯拉胡琴，阿四吹笛。"爸爸更惊诧地说："我道他们只会奏《梅花三弄》和《孟姜女》的！原来他们也会奏这种歌！不知这歌哪里来的，谁教他们奏的？"我说："这是《开明唱歌教本》中的一曲，姐姐抄了从中学里寄给我。我借给华明看，华明借给他爸爸——华先生——看，华先生就教我们唱。前天我同华明在门房口唱这歌。王老伯伯问我唱的什么歌，我说唱的是爱国歌。外国人屡次欺侮我们，我们必须牢记在心。唱这歌，可以不忘国耻的。王老伯伯说他虽然是一个孤身穷老头子，听了街上的演讲，也气愤得很。他说我们好比同乘在一只大船里。外面有人要击沉我们的船，岂不是每人听了都气愤么？所以他也要来学这歌。他的音乐天才很高，听我唱了几遍，居然自己会在胡琴上拉奏，而把这旋律教给阿四，教他在笛上吹奏。如今他们两人会合奏了。"

爸爸听了我的话，默不作声，踏着脚尖走到门房间的窗边，在那里窥探。我跟着窥探。但见王老伯伯穿着件夏布背心，坐在竹椅上拉胡琴。阿四也穿一件背心，把一脚搁在一堆杂物上，扯长了嘴唇拼命吹笛。大家眼睛看着鼻头，一本正经地，样子很可笑。但又很可感佩。因为门房间里蚊子特别多，听见了奏乐声，一齐飞集拢来，叮在两人的赤裸裸的手臂上，小腿上，和王老伯伯的光秃秃的头皮上。两人的手都忙着奏乐，无暇赶蚊，任它们乱叮。其意思仿佛是为了爱国，不惜牺牲身上的血了。

忽然曲终，两人相视一笑，各自放下乐器，向身上搔痒。这时候四周格外沉静，但闻蚊虫声嗡嗡如钟，隆隆如雷，充满室中。我不期地高声喊出："王老伯伯和阿四合奏，蚊子也合奏！"

王老伯伯和阿四听见人声，走出门房间来。看见爸爸和我深夜走出来，吃了一惊。爸爸忍着笑对他们说："天气太热，我们要到野外散散步，你们等着门，我们一会儿就转来的。"王老伯伯一边搔痒，一边举头看看天色，说："不下雨才好。早些回来吧。"就把我们父子二人关出在门外了。

门外一个毛月亮照着一片大自然，处处黑魆魆的令人害怕。麦田里吹来一股香气，怪好闻的。我忽然想起了昨夜的话，说道："爸爸，你昨夜教我一句苏东坡的好诗句，叫做'麦陇风来饼饵香'。现在我也闻到了就是这种风的香气吧？"爸爸笑道："对啊，对啊！你闻到了饼饵香，我就请你吃饼干吧。我们到那田角的石条上去吃。"

四周都是青蛙的叫声。近处的咯咯咯咯，远处的咕咕咕咕。合起来如风雨声，如潮水声。闭目静听，又好像千军万马奔腾而来的声音。

我说："门房间里有蚊子合奏，这里有青蛙合奏呢！"爸爸说："蛙的鸣声真像合奏，所以古人称它为'蛙鼓'。不但其音色如鼓，仔细听起来，其一断一续，一强一弱，好像都有节奏。这是不愧称为合奏的。你听！……这好像一个大 orchestra 的合奏。你晓得什么叫做orchestra？翻译做中国话，就是管弦乐队。你生长在乡下，还没有机会见过这种大合奏队。但无线电常常放送着。将来我们也去买一架收音机，你就可听见，虽然不能看见。合奏的种类甚多。两人也是合奏，三四人也是合奏。大起来，数十人、数百人的合奏也有——就是所谓orchestra。但你要知道，刚才王老伯伯和阿四的花头，其实不能称为'合奏'，只能称为'齐奏'。因为合奏不但是许多乐器的共演，同时又是许多旋律的共进。许多旋律各不相同，而互相调和，在各种乐器上同时表出，即成为合奏。王老伯伯和阿四所用的乐器虽然各异，但所奏的旋律完全相同，所以只能称之为齐奏，还没有被称为合奏的资格。"这时我的汽水已经喝了半瓶。

"orchestra 的人数和乐器数多少不定。普通小的，数十人奏十数种乐器。大的，数百人奏数十种乐器。远听起来，其声音正像这千万只青蛙的一齐鸣鼓一样。乐器可分为四大群。第一群是弦乐器，都是弦线发音的，像你近来学习的提琴，便是弦乐器中最主要的一种。提琴同时用数个，或十数个，或数十个，所奏的是曲中最主要的旋律。第二群是木管乐器，就是箫笛之类的东西，音色特别清朗。第三群是金管乐器〔铜管乐器〕，就是喇叭之类的东西，声音最响。第四群是打乐器〔打击乐器〕，就是钟鼓之类的东西，声音最强。——所以

orchestra 的演奏台上，这四群乐器的位置都有一定：弦乐器最主要，故位在最前方。木管乐器次之。金管乐器声音最响，宜于放在后面。打乐器声音最强，而且大都是只为加强拍子的，故放在最后。用这四大群乐器合奏的乐曲。叫做'交响乐'，是最长大的乐曲。"我吞了最后的一口汽水。

"最大的 orchestra，有一千多人，叫做'千人管弦乐队'。现在我们不妨把这无数的青蛙想象做一个'千人管弦乐队'，而坐在这里听他们的交响乐！"爸爸也喝完了汽水。

夜露渐重，摸摸身上有些湿了。我们不约而同地立起身来。我收拾汽水瓶，跟着爸爸缓步回家。就寝时已经十二点钟。这晚上我做了两个梦。第一个梦是爸爸买了一架收音机来装在吃饭间里，开出来怪好听的。第二个是梦见许多青蛙，拿着许多乐器——就中鼓特别多——在一个舞台合奏交响乐。忽然一只青蛙大吹起喇叭来，把我惊醒。原来是工厂里放汽管！时光还只五点半。想起了今天是星期日，我重又睡着了。

原载于《新少年》1937 年 6 月 10 日第 3 卷第 11 期

跌一跤且坐坐

生活之美篇

人生不一定要画苹果，香蕉，花瓶，茶壶。原不过要借这种研究来训练人的眼睛，使眼睛正确而又敏感，真而又美。然后拿这真和美来应用在人的物质生活上，使衣食住行都美化起来；应用在人的精神生活上，使人生的趣味丰富起来。

珍珠米

❖ 印象深刻的写生练习

我拣了两个（珍珠米），一个有衣的，一个无衣的，把它们横卧在桌上。一小一大，一近一远，一繁一简，一客一主，配置也很相宜。我用铅笔打了轮廓，涂上阴影，已经有些立体感。再加上一层黄色的淡彩，写实的效果愈加显著。这最后一回的写生练习趣味真好！

叶心哥暑假回家时，我们还有三天大考。我对叶心哥说："你们中学生太便宜了！"他回答道："你不必小气，你吃亏煞也只三天。下学期你也是中学生了。"这话使我猛然想起了未来的事：留级、毕业、辍学、升学、落第、考取……许多念头盘旋于我的脑际，好像许多不可捉摸的幻影。而想起了离去母校，分别旧友，又觉得心绪缭乱，连预备大考的勇气也被减杀了。

现在，最后的三天大考居然过去了。成绩已经算决，我的总平均居然及格，毕业已经确定了。以前盘旋脑际的不可捉摸的幻影，现在变了一种对于未来的预想。而别离的情绪，今天愈觉得黯然了。我在教室中整理抽斗时，想起这是永远的告别，觉得教室中一切都可爱起来。那只底板上有着许多裂缝的抽斗，以前常把我的铅笔或橡皮漏落在地上，我很讨厌它，常用砖头把它死命地敲；现在觉得抱歉起来。那张刻着许多小刀痕的桌面，以前常使我的铅笔刺破纸头，我更讨厌它；现在细看这些看熟了的刀痕，也觉得对它们有些依依难舍。从我的座位里望到黑板上，左角常有一大块白白的反光，字迹看不清楚。以前我最讨嫌这一点，每逢抄札记的时候，身子弯来弯去，非常吃力。今后即使我愿意吃力，也不可再得了。这些还在其次，最使我不能忘却的要算几位先生的印象：校长先生的秃头，级任先生的浓眉毛，潘先生的红鼻头，华先生的两个大牙齿，我已看得很熟，一闭眼睛就可想象出来。校长先生的"还有"，级任先生的"不过"，史先生的"差不多"，华先生的音乐的"诸位小朋友"，我们都听得很熟，有几位同学能模仿得很像。这些形状，这些音调，今后我永远不能常常接近了。想到这里，我心中起了一种悲哀——爸爸称之为"多情的悲哀"。他说我爱读《爱的教育》，性格受了它的影响。有一次他指着该书的开头第一页对我说："这种人太多情。安利珂升了四年级，看见三年级时的红头发先生感到悲哀，已经多情了。二年级时的女先生因为安利珂此后不再走过她的教室的门口而悲哀，实在是多情过度，变成多事了。"我今天的种种想念，恐怕也是多事。但我竭力抑制自己的感情，毅然地把抽斗撒空，准备离去这学校，向我的前途勇猛精进。

华先生带了两个大牙齿走进教室来。一声音乐的"诸位小朋友"之后，我们知道他有话说了，大家同上课一样就座静听。他继续说道："你们的大考已经完毕，成绩大家及格，现在只等候毕业式了。这是很可喜的事。美术是不考试的。但你们此后不再来校，应该留点成绩在校里，他日也可和别班比较。平时成绩固然已经选留了若干幅，但都不是最近作的。今天下午没事，大家回到屋里去，各自画一幅写生画，留在校里当作毕业成绩，大家愿意么？"我们齐声说"愿意！"他接着说："画什么不拘，画的大小也不拘，用不用颜色也不拘，只要是写生——忠实的写生。这可以表示你们在校学了几年图画，眼的观察力和手的描写力修养到了什么程度。但是不可叫别人代画，代画了我一看就看出。"他在最后一次的课中竟说这近于侮辱的话，似乎觉得难为情，立刻改正了说："但我知道你们一定不愿意的。"我们又齐声说"不愿意！"

中午，我夹着一大包书回家，在路上考虑图画的题材。这样，那样，想不定当。走进家里，看见桌上放着热腾腾的一只篮，篮里盛着许多刚蒸熟的玉蜀黍。"茂春姑夫家送来的。"被我一猜就着。这是我的爱物，为了它有黄色的长须，像洋囝囝的头发；乳色的粒，像象牙雕成的珠子。蒸熟以后这些珠子变成金黄色，更加可爱。它有一种异香，好像香粳米的香气。这香气使饿肚皮的人闻了很舒服。它有一种异味，非甜非咸，令人多吃不厌。但我的欢喜它，不仅为了好吃，又为了好玩。我的玩法有种种。有时我先把米粒统统摘落，藏在袋里，好像一袋精小的黄豆，一粒一粒地摸出来吃。有时我在玉蜀黍上摘出花纹来，兴味更好。条纹的，圈纹的，斜纹的，点纹的，种种图案都可排成。食物之中，我所最欢喜的，是山芋和这玉蜀黍。山芋可吃之外又可雕版印刷，玉蜀黍则可吃之外又可排图案。这两种食物，可说是实用性与趣味兼备的东西。玉蜀黍的名称有种种：六谷，粟米，棒子，玉米，玉麦，鸡头粟，珠珠粟，珍珠米，都是它的名称。我觉得"珍珠米"这名字最适切又最好听。我欢喜这样称呼它。下午我就为珍珠米写生。

长台底下，还有一篮未曾烧熟的珍珠米。生的外面裹着衣，又有长须，比熟的好看。我拣了两个，一个有衣的，一个无衣的，把它们横卧在桌上。一小一大，一近一远，一繁一简，一客一主，配置也很相宜。我用铅笔打了轮廓，涂上阴影，已经有些立体感。再加上一层黄色的淡彩，写实的效果愈加显著。这最后一回的写生练习趣味真好！以前在学校的图画科中写生，何以没有这样好的趣味呢？细想起来，原因很多：最后一回特别起劲，是一个原因；珍珠米的可爱又是一个原因。而最大的原因，还在写生的设备上。以前在教室里写生，三四十人共看一个模型，模型的位置最难妥帖。只有少数人所望见的位置恰好，其余的多数人，所望见的位置就不好看了。华先生曾经注意这点困难，有一次他办了十种模型，把我们分成十组，教每组三四个人共写一个模型，位置的确容易安排。但因先生的预备教材太麻烦，所以不能常常应用这办法。今天我在家里自办模型，独自写生，当然比学校里的分组更加自由了。学图画同弹琴一样，是不适于共同学习而宜于个别教练的。明天拿这张画向华先生缴卷时，想把这一点意思告诉他，请他在下学期想个妥善的写生办法。我们虽然出校了，其余的同学可得许多便利呢。

原载于《新少年》1936 年 7 月 10 日第 2 卷第 1 期

给我的孩子们

◆ 率真的孩子

我在世间，永没有逢到像你们样出肺肝相示的人。世间的人群结合，永没有像你们样的彻底地真实而纯洁。最是我到上海去干了无聊的所谓『事』回来，或者去同不相干的人们做了叫做『上课』的一种把戏回来，你们在门口或车站旁等我的时候，我心中何等惭愧又欢喜！

我的孩子们！我憧憬于你们的生活，每天不止一次！我想委曲地说出来，使你们自己晓得。可惜到你们懂得我的话的意思的时候，你们将不复是可以使我憧憬的人了。这是何等可悲哀的事啊！

瞻瞻！你尤其可佩服。你是身心全部公开的真人。你什么事体都像拼命地用全副精力去对付。小小的失意，像花生米翻落地了，自己嚼了舌头了，小猫不肯吃糕了，你都要哭得嘴唇翻白，昏去一两分钟。外婆普陀去烧香买回来给你的泥人，你何等鞠躬尽瘁地抱他，喂他；有一天你自己失手把他打破了，你的号哭的悲哀比大人们的破产，失恋，broken heart〔心碎〕，丧考妣，全军覆没的悲哀都要真切。两把芭蕉扇做的脚踏车，麻雀牌堆成的火车，汽车，你何等认真地看待，挺直了嗓子叫"汪——""咕咕咕……"，来代替汽笛。宝姐姐讲故事给你听，说到"月亮姐姐挂下一只篮来，宝姐姐坐在篮里吊了上去，瞻瞻在下面看"的时候，你何等激昂地同她争，说"瞻瞻要上去，宝姐姐在下面看！"甚至哭到漫姑①面前去求审判。我每次剃了头，你真心地疑我变了和尚，好几时不要我抱。最是今年夏天，你坐在我膝上发现了我腋下的长毛，当作黄鼠狼的时候，你何等伤心，你立刻从我身上爬下去，起初眼瞪瞪地对我端相，继而大失所望地号哭，看看，哭哭，如同对被判定了死罪的亲友一样。你要我抱你到车站里去，多多益善地要买香蕉，满满地擒了两手回来，回到门口时你已经熟睡在我的肩上，手里的香蕉不知落在哪里去了。这是何等可佩服的真率，自然，与热情！大人间的所谓"沉默""含蓄""深刻"的美德，比起你来，全是不自然的，病的，伪的！

你们每天坐火车，坐汽车，办酒，请菩萨，堆六面画，唱歌，全是自动的，创造创作的生活。大人们的呼号"归自然！""生活的艺术化""劳动的艺术化！"在你们面前真是出丑得很了！依样画几笔画，写几篇文的人称为艺术家，创作家，对你们更要愧死！

你们的创作力，比大人真是强盛得多哩：瞻瞻！你的身体不及椅子的一半，却常常要搬动它，与它一同翻倒在地上；你又要把一杯茶横转来藏在抽斗里，要皮球停在壁上，要拉住火车的尾巴，要月亮出来，要天停止下雨。在这等小小的事件中，明明表示着你们的小弱的体力与智力不足以应付强盛的创作欲、表现欲的驱使，因而遭逢失败。然而你们是不受大自然的支配，不受人类社会的束缚的创造者，所以你的遭逢失败，例如火车尾巴拉不住，月亮呼不出来的时候，你们决不承认是事实的不可能，总以为是爹爹妈妈不肯帮你们办到，同不许你们弄自鸣钟同例，所以愤愤地哭了，你们的世界何等广大！

_____
①漫姑，即作者的三姐丰满。

你们一定想：终天无聊地伏在案上弄笔的爸爸，终天闷闷地坐在窗下弄引线的妈妈，是何等无气性的奇怪的动物！你们所视为奇怪动物的我与你们的母亲，有时确实难为了你们，摧残了你们，回想起来，真是不安心得很！

阿宝！有一晚你拿软软的新鞋子，和自己脚上脱下来的鞋子，给凳子的脚穿了，划袜立在地上，得意地叫"阿宝两只脚，凳子四只脚"的时候，你母亲喊着"齷齪了袜子！"立刻擒你到藤榻上，动手毁坏你的创作。当你蹲在榻上注视你母亲动手毁坏的时候，你的小心里一定感到"母亲这种人，何等杀风景而野蛮"吧！

瞻瞻！有一天开明书店送了几册新出版的毛边的《音乐入门》来。我用小刀把书页一张一张地裁开来，你侧着头，站在桌边默默地看。后来我从学校回来，你已经在我的书架上拿了一本连史纸印的中国装的《楚辞》，把它裁破了十几页，得意地对我说："爸爸！瞻瞻也会裁了！"瞻瞻！这在你原是何等成功的欢喜，何等得意的作品！却被我一个惊骇的"哼！"字喊得你哭了。那时候你也一定抱怨"爸爸何等不明"吧！

软软！你常常要弄我的长锋羊毫，我看见了总是无情地夺脱你。现在你一定轻视我，想道："你终于要我画你的画集的封面！"①

最不安心的，是有时我还要拉一个你们所最怕的陆露沙医生来，教他用他的大手来摸你们的肚子，甚至用刀来在你们臂上割几下，还要教妈妈和漫姑擒住了你们的手脚，捏住了你们的鼻子，把很苦的水灌到你们的嘴里去。这在你们一定认为太无人道的野蛮举动吧！

①《子恺画集》的封面画是软软所作。

孩子们！你们真果抱怨我，我倒欢喜；到你们的抱怨变为感谢的时候，我的悲哀来了！

我在世间，永没有逢到像你们样出肺肝相示的人。世间的人群结合，永没有像你们样的彻底地真实而纯洁。最是我到上海去干了无聊的所谓"事"回来，或者去同不相干的人们做了叫做"上课"的一种把戏回来，你们在门口或车站旁等我的时候，我心中何等惭愧又欢喜！惭愧我为什么去做这等无聊的事，欢喜我又得暂时放怀一切地加入你们的真生活的团体。

但是，你们的黄金时代有限，现实终于要暴露的。这是我经验过来的情形，也是大人们谁也经验过的情形。我眼看见儿时的伴侣中的英雄，好汉，一个个退缩，顺从，妥协，屈服起来，到像绵羊的地步。我自己也是如此。"后之视今，亦犹今之视昔"，你们不久也要走这条路呢！

我的孩子们！憧憬于你们的生活的我，痴心要为你们永远挽留这黄金时代在这册子里。然这真不过像"蜘蛛网落花"略微保留一点春的痕迹而已。且到你们懂得我这片心情的时候，你们早已不是这样的人，我的画在世间已无可印证了！这是何等可悲哀的事啊！

一九二六年耶诞节作

原载于《文学周报》1926 年 12 月 26 日第 4 卷第 6 期

寄宿生活的回忆

寄宿舍生活给我的印象，犹如把数百只小猴子关闭在个大笼子中，而使之一齐饮食，一齐起卧。小猴子们怎不闹出种种可笑的把戏来呢？

寄宿舍生活给我的印象，犹如把数百只小猴子关闭在个大笼子中，而使之一齐饮食，一齐起卧。小猴子们怎不闹出种种可笑的把戏来呢？十多年前，我也曾做了一只小猴子而在杭州第一师范学校[①]的大笼子中度过五年可笑的生活。现在回想起来，饭厅里把戏最为可笑。

生活程度增高，物价腾贵，庶务先生精明，厨房司务调皮，加之以青年学生的食欲昂进，夹大夹小七八个毛头小伙子，围住一张板桌，协力对付五只高脚碗里的浅零零的菜蔬，真有"老虎吃蝴蝶"之势。菜蔬中整块的肉是难得见面的。一碗菜里露出疏疏的几根肉丝，或一个蛋边添配一朵肉酱，算是席上的珍品了。倘有一个人大胆地开始向这碗里叉了一筷，立刻便有十多只筷子一齐凑集在这碗菜里，八面夹攻，大有致它死命的气概。我是一向不吃肉的，没有尝到这种夹攻的滋味。但食后在盥洗处，时常听见同学们的不平之语。有的人说："这家伙真厉害，他拿筷子在菜面上掉一个圈子，所有的肉丝便结集在他

①指在杭州的浙江省立第一师范学校。

的筷子上，被他一筷子夹去了。"又有的人说："那家伙坏透了。他把筷子从蛋黄旁边斜插进去，向底下挖取。上面看来蛋黄不曾动弹，其实底下的半个蛋黄已被他挖空，剩下的只是蛋黄的一张壳了。"

有时众目所注意的，是一段鲞鱼。这种鲞鱼在家庭的厨房里是极粗末的东西，在当时卖起来不过两三个铜板一段。但在我们的桌面上，真同山珍海味一般可贵。因为它又咸又腥，夹得到一粒，可以送下三四口饭呢。不幸而这种鲞鱼大都是石硬的。厨房司务又要省柴，蒸得半生不熟。筷子头上不曾装着刀锯。两根平头的毛竹对付这段带皮连骨的石硬的鲞鱼，真非用敏捷的手法不可。我向来拙于用筷的手法。有一时期又听信了一个经济腕力的同学的意见，让右手专司握笔而改用左手拿筷，手法便更加拙劣。偏偏这碗鲞鱼常不放在我的面前，而远远地放在桌的对面。我总要千难万试，候着适当的机会，看中了鲞鱼的一角而下箸。一夹不动，再夹，三夹又不动。别人的筷子已经跃跃欲试地等候在我的手臂的两旁，犹如马路口的车子的等候绿灯了。我不好尽管阻碍交通，只得拉了一片鲞皮回来。有时连夹了四五次，竟连鲞皮都不得一条；而等候开放的人的眼，又都注集在我的筷头，督视着我的演技。空筷子缩回来太没有面子。但到底没有办法，我只得红着脸孔，蘸一些鲞汤回来，也送下了一口白饭。

这原是我的技巧拙劣的原故。饭厅中的人大都眼明手快，当食不让，像我这样拙劣而退缩的人是少数。有的人一顿要吃十来碗饭。吃到本桌上的菜蔬碗底只只向天的时候，他们便转移到有剩菜的邻桌上去吃。吃其余不足，又顾而之他，好像逐水草而转移的游牧之民。又有大食量而兼大胖子的人，舍监先生编排膳厅座位时，倘把这大胖子编定在某席上，与他同坐一边的人就多不平了。饭厅上的板桌比较普通家庭间的八仙桌狭小得多。在最伟大的胖子，原来只合独占一边；他占据了一边的三分之二，把其余的三分之一让给同坐一边的瘦子，已经是客气了。然而那瘦子便抱不平。瘦子的不平也是难怪的。因为这不是暂时之事，膳厅的座位一经舍监先生编定之后，同坐一边的两人犹如经过了正式结婚的夫妇，不由你任意离开了。一日三餐，一学期一百三五十日，共四百余餐，要餐餐偎傍了一个大胖子而躲在桌角上吃饭，原是人情所难堪的事。况且吃饭一事实在过于重大，据我所闻，暂时同吃一席喜酒，亦有因侵占座位而起口角的事：我的故乡石门地方，有一位吃亏不起的先生，赴亲友家吃喜酒，恰巧和一个老实不客气的大胖子同坐在桌的一边。那大胖子独占了桌边的三分之二，这吃亏不起的先生就向他开口："老兄，你送多少喜仪？"大胖子一时不懂他的意思，率尔而对曰："我送四角。"那人接着说道："原来你也只送四角，我道你是送六角的。"我们饭厅里的瘦子并未费问大胖子缴多少膳费，究竟是在受教育的人，客气得多。

我们的饭厅里，着实是可称为客气的。我们守着这样的礼仪：用膳完毕的时候，必须举起筷子，向着同桌未用毕的人画一个圈子用以代表"慢用"。未用毕的人也须用筷子向他一点，用以代表"用饱"。桌桌如此，餐餐如此。就是在五只菜碗底都向天，未毕的人无可慢用，已毕的人不曾用饱的时候，这礼仪也遵行不废。但是，一群猴子关闭在一个笼子里，客气也有客气的可笑。举动轻率的青年想把筷子伸向左方的一碗中去夹菜，忽又看中了右方的一碗菜，中途把筷子绕回右方，不期地在桌面上画了一个圈子。其余的人当他是行"慢用"的礼，大家用筷子来向他乱点。结果满座发出一种说不出的笑声。又有举动孟浪的孩子只管急忙地划饭，不提防饭粒滚进了气管，咳嗽出一大口和菜嚼碎了的饭粒来，分播在公用的菜碗里，又惹起一种说不出的笑声。

据我的妻子所说，她在某女学校中做寄宿生的时候，饭堂里的礼仪比我们更为严重。同桌的八个人，膳毕须等了一同散去，不得先走。据她说，吃得快而等候别人，不过对着残盘多坐一下，还不算苦；苦的是吃得慢而被人等候的人。倘守了末位，更加难堪。其余七个人都已用毕，环坐在你的面前，二七十四只眼睛煜煜地注视你的举动，看你夹菜，看你划饭，看你咀嚼，看你咽下去。十目所视已经严了，何况十四只眼睛的注视！这结果，吃亏了娇养惯的姑娘，便宜了厨房老板。（她的学校是由校长先生家里包饭的。）在家庭间娇养惯的姑娘吃饭大都是一粒一粒地咀嚼的。她们到这学校里来吃饭，最是吃亏。别人放下碗筷的时候，她还没有吃完一碗饭。在十几只眼睛的监视之下，不好意思从容地添饭，只得饿着肚子走开了。大家怕守末位，只得大家少吃些，这就便宜了厨房老板（即校长先生）。

总之，饭厅里种种可笑的把戏，都由于共食而发生。倘改了分食，我们的饭厅里就寂寞了。各人各吃一份，吃肉丝不必用筷掉圈子，吃蛋无须向底下挖，吃鳖的艰辛也可免除。大食量的人无处游牧，大胖子不致受人讨嫌，那种说不出的笑声也没有了。我们习惯了共食，以为吃饭当然如此；但根本地想来，这办法实在有些稀奇，而且颇不妥当。我们的吃饭是以饭为主体而菜蔬为补助的。这仿佛馒头，主体是面，而由馅补助面的滋味。但馒头中的主体和补助物各有相当的分量，由做馒头的人配好了给我们吃。吃饭则并不配好，而一任吃者临时自己配合。但又不是一餐一餐地配合，也不是一碗一碗地配合，而是一口一口地配合的。划进一口饭，从口中抽出筷子，插进公用的菜碗里，夹取一筷菜，再送进口中。这办法稀奇得带些野蛮。有洁癖的人自备专用的碗筷，每餐随身携带。却不知共食的时候，七八双筷子从七八只口中到公用的菜碗里要往返数十百次。每碗菜里都已混着各人的唾液了。像我们的饭厅里的小弟弟们，有时竟把嚼碎了的饭屑由筷子带到公用的菜碗里，搅匀了给各人分吃呢。共食的办法在家庭间也许可行，但在我们的饭厅中，行之便有种种可笑的把戏。因为一桌中的和平，全靠各人的公德和良心而维持。共食者要个个是恪守礼仪的道学先生也许可以没事。但我们是关闭在大笼子中的小猴子，不像群狗地狂吠而争食，还算是客气的啊！

饭厅上的可笑由于合并而来，宿舍里的可笑则由于分别而生。住的地方和睡的地方，分别为二处。数百学生，每晚像羊群一般地被驱逐到楼上的寝室内，强迫他们同时睡觉；每晨又强迫他们同时起身，一齐驱逐到楼下的自修室中。明月之夜，倘在校庭中多流连了一会，至少须得暗中摸索而就寝；甚或蒙舍监的谴责，被视为学校中的犯法行为。严冬之晨，倘在被窝里多流连了一会，就得牺牲早饭，或被锁闭在寝室总门内。照这制度的要求，学生须同畜生一样，每天一律放牧，一律归牢，不许一只离群而独步。那宿舍的模样，就同动物园一般。一条长廊之中，连续排列着头二十间寝室的门。门的形状色彩完全相同。每一寝室内排列着三六十八只板床，床的形状也完全相同。各室中的布置又完全相同。你倘若被编排在靠近长廊首尾的几间寝室中，还容易认识。但我不幸而常被编排在中段的几间寝室中，就寝时便不易从形式上认识自己的房间。寝室的门上，原有寝室号码。旁边又挂着室内的寄宿生的姓名表，宛如动物园内的笼上的标札。白天要找寻自己的寝室，原可按着号码或姓名表而探索；但长廊的两端的寝室总门，白天是锁闭的。我们入寝室的时间总是黑夜九点半钟。这时候每室内开一盏电灯，长廊的两端的扶梯上面也各有一盏电灯。但灯光极弱，寝室号码是不易辨认的。我只能跟随同寝室的人，或牢记门口一只床内的被褥的色彩和花纹，以为自己的寝室的记号。倘这位睡在门口的朋友一朝换了被头，我便一时失迷，须得张皇逡巡了一会然后发现自己的窠巢。找到了自己的床，赶快脱衣就睡。不久寝室内就变成黑暗的世界了。长廊两端的两盏电灯原是通夜不熄的。长廊内依旧有光。但中段的寝室门外，所受的光度很是微弱了。倘不是月明之夜，熄灯后在寝室内只看见开向长廊内的玻璃窗的微明的方格，此外更无一线光明了。这在翻进床里就打眠鼾的人也许不觉得苦；但我在青年时代，向有不易入睡的习癖。因为不易入睡，就欢喜停火①。倘先熄了灯，我便辗转不能成寐，要直到更深人倦，然后瞑目。但次日不能早起，须得放弃早膳，或被锁闭，或受舍监先生的责罚了。所以我初到这学校来做寄宿生的时候，曾为了这个习癖而受不少的苦恼。曾记那时候，

①停火，作者家乡方言，指保留灯火不灭。

我对于自己的习癖异常执着。我心中常痛恨学校生活的无理，而庇护自己的习癖。有一次我看到洪北江的文句："夜寝列烛，求其悦魂"，以为我自己的习癖暗合于古人的意见，便非常高兴。现在，我已改为日出而起日入而息的生活，灯火在我几乎无用了。但回忆青年时代所憧憬的文句，仍觉得可爱。上次我到上海，曾专为这文句而买了一部《八大家骈文钞》。

宿舍中的可笑的把戏，就在我辗转不寐的时候演出来了。小便的桶放在长廊两端扶梯上头的电灯下面。约莫十一二点钟，头一忽困醒的时候，就听见邻室中有人起来小便。死一般沉寂的宿舍中，寝室门呀的一声，长廊内就有仓皇出奔似的脚步声。"腾腾腾腾"地越响越远，终于消失了。不久这声音又起，越响越近，寝室门呀的一声，又沉寂了。忽然我们的寝室内起了一种惊骇的呼叫声。"啊唷，啊唷！""哪一个？哪一个？"邻床的人被他们扰醒，继续就有答话之声和笑声。原来邻室中赴小便回来的人睡眼朦胧，认错了一扇门，误进了我们的寝室，急忙把身子钻进同样位置的眠床中，却压在别人的身上，就把那人从睡梦中吓醒，两人都惊喊起来，演成这幕深夜的趣剧。因为我们虽被豢养在这动物园里，但实际上并未具有狗鼻子一般灵敏的嗅觉，或猫眼睛一般锋利的视觉，故在暗夜中便会误认自己的窠巢。明天的自修室中就添了一种谈笑的资料。

自修室就在寝室的楼下，也是向着长廊中开门的。每室容二十四人，两人共用一桌，两桌相对四人为一团，一室共六团。六团在室中的布置，依照骰子上的六点的式样。室室都如此。每天晚上七时至九时之间，四五百人都在埋头自修的时候，你倘不想起这是我们的学校的宿舍，而走到长廊中去观望各室的光景，一定要错认这是一大嘈杂的裁缝工场。我最初加入这生活中的时候，非常不惯，觉得这里面实在只宜于缝工。缝工可以一面缝纫，而一面听人说话或和人谈天。要我在这里面读书，我只得先拿钢笔尖来刺聋自己的耳朵。耳朵终于没有刺，但后来自然变成聋子一般，也会在别人揶揄谈笑的旁边看书或演习算草了。有时对座的五年级生拉着高调而朗读《古文观止》，同时出劲地抖他的腿，我对于他的高调也可以置若罔闻，不过算草簿子上添了许多曲线组成的阿拉伯字。

寄宿舍中的自由乡是调养室。所以调养室中常常人满。虽经舍监和校医严格地限制，但入调养室的人依然很多。我也曾一入这自由乡。觉得调养室的生活比较宿舍的生活，一硬一软，一宽一猛，一温一寒。那里的床铺和桌椅的位置，可以自由改动，不拘一定的形状。起居可以随意早晚，不受铃声的支配。舍监先生不来点名，上课了可以堂皇地缺席。最舒服的，病人可以公然地叫厨子做些爱吃的菜蔬，或叫斋夫生个炭炉来自煮些私菜。这不但病人舒服，病人的同乡或知友们也可托这病人的福而来调养室中享受几顿丰富、舒泰、温暖的晚餐。故病势轻微而病状显著的病是我们所盼望的。发疟的人最幸福了。疟的发作，不管寝室的总门开不开，立刻要来拥被而卧。这真是入调养室的最正当又最有力的理由。而且入室以后，在疟势不发作的时间，欢喜上的课依旧可以去上，不欢喜上的课可以公然不到。这真是学生的幸福病！我的入调养室也是托发疟的福。不幸而疟疾就愈；但我又迁延了几天而出室。出室之后，我想：下次倘得发疟，我决不肯服金鸡纳霜了。

四五百只小猴子关闭在大笼子中，所演的可笑的把戏多得很呢。但我已不能一一记忆当时的详情了。现在我跳出了笼子而在回忆中旁观当时笼内的生活，觉得可笑。但当身在笼中的时候，只觉得可悲与可怕。我初入学校，曾经一两个月的不快与悲哀。我不惯于这笼中的猴子的生活，而眷恋我的庭帏。自念从此以后，只有在年假和暑假的二三个月内得在家中做人，其余大部分的日月是做猴子的时间了。但为了求学，这又是不可避免的事。求学必须如此的吗？这疑团在我的心中始终不释。

到现在，我脱离学生生活已经十三四年了。但昔日的疑团在我心中依然不去。那种可悲可怕的感情，也依旧可以再现。我每逢看到了或想起了关于学生生活的状况，犹如惊弓之鸟，总觉得害怕。上回我到上海，赴某学校访问一位在那里做教师的朋友，蒙他引导我到他的卧室中去谈话。通过学生宿舍的时候，我看见一个开着门的寝室中，排列着许多床铺，一律上起蚊帐，叠好被头。地板上只有极整齐的板缝的并行线，没有半点东西，很像图书馆的藏书室，全不像人所住宿的地方。当我通过这寝室门口的时候，我的朋友对我说："这里的宿舍办得还整齐呢，你看！"我漫应了一声。但想起他这句话的代价，十多年前在母亲膝前送尽了愉逸的假期而重到学校宿舍中时所感到的那种黯然的情绪再现在我的心头了。又如这一回，我结束了母亲的葬事，为了要写这些稿子，匆匆离开故乡，回到嘉兴的寺院一般静寂的寓居中。同舟的有两个孩子和我姐的儿子——立达学园高中科学生周志道君。他因为寒假期满，故来我家送了他的外祖母的葬，便搭了我的船，同到嘉兴，预备次日乘火车赴江湾上学。我在舟中非常愉快。因为我已经结束了平生最后的一件大事，现在是坐了自己独雇的船，悠悠地开到我所欢喜的寺院一般静寂的寓居中。但对着同舟的青年又感到黯然的情绪。因为我用自己的心来推度他的心，觉得他现在是在他母亲膝前送尽了愉逸的假期而整装赴校，又将开始我所认为可悲可怕的寄宿舍生活了。故到寓的第一日，我的兴味为他减杀了半。我似又不便要他一同享乐我的家庭生活。例如在火炉上煨些年糕，煎些茶，或向园地里拔些萝卜，割些黄芽菜，是我的家庭中的无上的乐趣。但想起了我的外甥不能长久和我们共乐而且此去将开始严格的学生生活，我的兴趣就被他的同情所阻抑，不能充分地展开了。——虽然我明知道他对于家庭生活和学校生活的感情不一定和我一样。但这好比闲步于车站之旁，在栅栏外面旁观急急忙忙地上车下车的旅客。对他们摆出悠闲的态度来，似乎是残忍的行为。

廿十〔1931〕年二月十三日于嘉兴

原载于《中学生》1931 年 4 月号

亲子游戏

夏天的一个下午

妈妈同三个孩子掷骰子，一直掷到晚凉。闷热的下午，就在笑声中爽快地过去了。这天晚上，三个孩子又从这骰子游戏中想出另一种新的游戏。这新的游戏是怎样的？以后有机会再讲吧。

暑假中，上午温课，下午休息。休息，在孩子们是件苦事。赤日当空，阳光满室，索然地枯坐一个下午在孩子们看来真像一年有期徒刑呢！

小妹先喊无聊，向午睡起来的爸爸诉苦。二男大男就附和。爸爸一想，说："我有一种游戏，教你们玩。"他就取纸笔，写出一首六言诗来：

> 公子章台走马，老僧方丈参禅。
>
> 少妇闺阁刺绣，屠夫市井挥拳。
>
> 妓女花街卖俏，乞儿古墓酣眠。

三个孩子嚷道："读诗上午读过了，有什么好玩？不要！"爸爸说："且慢，这是很好玩的，看我来做。"他向抽斗里寻出三粒大骰子来，用白纸把每粒骰子的六面糊上。然后用笔在每粒的每面上写字：在第一粒的六面上，写"公子""老僧""少妇""屠夫""妓女""乞儿"六个人物。

在第二粒的六面上写"章台""方丈""闺阁""市井""花街""古墓"六处地方。在第三粒的六面上，写"走马""参禅""刺绣""挥拳""卖俏""酣眠"六个动作。写好以后，就去拿一只碗来，把三粒骰子放在碗里，教三个孩子来掷，爸爸说："你们轮流掷，看哪个掷得好，我来评定分数。"

小妹抢先，掷出来一看，是"公子闺阁酣眠"。爸爸说："还好还好。公子原来是在章台走马的。如今到闺阁里来酣眠，也许这闺阁就是他的夫人的房间，也就无妨。小妹是及格的，定六十分。二男掷！"

二男兴味津津地一掷，一看，是"少妇古墓参禅"。爸爸想一想说："这太奇怪了！参禅就是静坐念佛。这少妇怎么到古墓里去参禅呢？"二男说："这是她的祖母的坟呀！"大家笑起来。爸爸说："倒也说得通，不过很稀有，不及格，只能定三十分。"

大男很有把握地掷骰子。爸爸最先看到，就说："哼！岂有此理！"大家去看，原来是"妓女方丈走马"！爸爸说："方丈是和尚的房间，妓女怎么可去？况且方丈是小房间，根本不能走马！这句话是不通的，只有零分！"就在纸上大男的名下画一个大烧饼。小妹高兴得很，跷起大拇指说："我分数最高！我第一，大哥押尾！"

大男失败之后，要求再来。仍旧从小妹掷起，小妹乘兴一掷，展出的文句是"老僧市井卖俏"！大家笑得弯腰。小妹张大了眼睛，莫名其妙，反抗道："难道老和尚卖不得俏的？"大家笑得更响，小妹却要哭出来了。爸爸就替她解说："卖俏，就是妆粉，点胭脂，烫头发，穿了很摩登的衣服，给男人们看，向他们笑，引他们去爱她。你看老和尚能不能？"小妹也笑了，说："我以为是卖硝磺，或者卖一种纱布。"

星星唱着自己的歌

2
2
2

大家又笑起来。爸爸说："小妹零分！二男再掷。"

二男掷出来的是"屠夫花街刺绣"。这回小妹要先问明白了："屠夫是什么人？"爸爸就把它翻作白话："杀猪屠在妓女们所住的街上绣花。"说罢大家笑起来。妈妈从房里洗好澡走出来，听了这句话，也来参加这笑的团体，她说："这杀猪屠大约是妓女的哥哥吧？"爸爸说："就算是哥哥吧，杀猪的人怎么会绣花呢？"小妹拍手说："零分，零分！"二男辩道："隔壁的黄木匠自己拿针线补衣服，昨天我看见的。杀猪屠难道一定不会绣花的？"爸爸说："勉强讲得通，不过又太奇怪了，也算你三十分吧。"二男说："我两次都是三十分。"

最后大男来掷。掷出来的是"乞儿章台挥拳"。爸爸解释说："一个叫花子在京城的大街上打拳头。"大家说："很好，很好。"爸爸就定他六十分。小妹在分数单上看了一回，大声喊道："咦，奇怪，掷了两回，每人共得六十分，平均大家都是三十分！"

她就把碗捧到妈妈前面，要她掷一把看。妈妈一掷居然掷出原句"公子章台走马"来。大家拍手喊"妈妈一百分！"爸爸说："既然妈妈手运好，让她同你们玩吧！"就把三个孩子和一碗骰子移交给妈妈，自己走到廊下，躺在藤椅里看报了。

妈妈同三个孩子掷骰子，一直掷到晚凉。闷热的下午，就在笑声中爽快地过去了。这天晚上，三个孩子又从这骰子游戏中想出另一种新的游戏。这新的游戏是怎样的？以后有机会再讲吧。

原载于《儿童故事》1947 年 9 月第 10 期

葡萄

邮差来送信，爸爸叫他自己爬上去采。一身绿衣裳钻在葡萄棚底，人忽然不见了，但闻空中笑声。

午饭后接到弟弟的信。正想拆看，上课铃响出了，我就带了这信去上数学课。先生说要增加趣味，教科以外又发油印的四则问题讲义，这回点几个人到黑板上去演算。这些问题我早已做出，不耐烦坐着看别人吃粉笔灰。对不起，犯一次校规了。我就偷偷地拆开弟弟的信，把信纸夹在数学书里。把书竖立在桌上，从容地看信。但见信上写道：

"逢春姐姐：你离开家里已经半个多月了。但是家里没有一天不提起你的名字。姆妈搬出了饭菜，就对着书房间喊：'逢春的爸爸，吃饭了！'爸爸在厕所里走不出来，也就挺起喉咙喊：'逢春的娘，拿点粗纸来！'昨天星期日，上午三舅妈来，恰好姆妈到裁缝店里去了，爸爸同她谈话：逢春的娘长，逢春的娘短，我听了实在好笑。后来姆妈回家，同三舅妈谈话：又是逢春的爸爸长，逢春的爸爸短，我听了有些耐不住，当场对姆妈说：'姆妈，你叫爸爸，为什么一定要拖姐姐在里头呢？'姆妈笑着骂我："'难道拖你在里头？可惜你来得迟了点！'"

我看到这里，忘记了身在教室，独自笑起来。幸而先生正在起劲地讲"乌龟四只脚，鹤两只脚"，没有注意我的笑。我继续看下去：

"小天井里的葡萄，你去时还没有熟，现在已经很大而且很甜。生的又多，仰望好像一串一串的绿珠子。我每天放学回家，自己爬上梯子去采一球来吃。一个人哪里吃得及呢？我们送一大篮给外婆家，一小篮给华明家，一小篮给宋家伯伯家。阿四自己采了一篮，去给小阿四吃。邮差来送信，爸爸叫他自己爬上去采。一身绿衣裳钻在葡萄棚底，人忽然不见了，但闻空中笑声。姆妈叫我不要把玩耍事告诉你，防恐你在校中想着家里，没心想读书。但我知道你不会。因为我以前常常听你说：'应该玩耍而玩耍，是快乐的；不应该玩耍而玩耍，反而苦痛。'况且你住在学校里，一定也有学校生活的乐处。我把家庭生活的乐事告诉你，你把学校生活的乐事告诉我，互相交换听听，岂不更加快乐？我听宋慧民说，他爸爸日内要进城，到你们校里来望宋丽金。今天下午我采了最大的三球葡萄，放在雪茄烟匣子里，托宋慧民转请宋家伯伯带给你。他动身日子不定，也许你收到这封信后，不久有得吃家里的葡萄了。祝你身体健康，学业进步。你的弟弟如金上言。

九月十四日夜八点钟。"

我偷看信毕，他们还在黑板旁边讲"乌龟四只脚，鹤两只脚"，纠缠不清。好容易打下课钟了。回到自修室，见案上放着一只雪茄烟匣子，一个纸包，旁边附一张宋家伯伯的名片。名片反面有铅笔字："来访适值上课。令弟嘱送食物一匣，请收。外食物一包烦交小女。明日下午再来访问。逢春女士鉴。"我忙把名片给宋丽金看。两人欢喜地拆看食物，我的是葡萄，宋丽金的是猪油炒米粉。我把葡萄分送宋丽金，宋丽金也把猪油炒米粉分送我。我想再分送些给叶心哥。但是这学校的习惯，男女学生隔离很远，非但不相往来，在课堂中见了面也不交一语。况且他是二年级生，与我不同课堂。故我如今虽然和他同学，反比以前生疏了。葡萄也不便分送给他。课余我吃着葡萄，联想家里的情形，感谢弟弟的好意。就拿起笔来，写这样的一封回信给他：

"弟弟：收到你的信后一小时，就接到宋家伯伯带来的葡萄。我非常感谢。你送我一匣真的葡萄，我现在报你一张画的葡萄。上星期，这里的图画先生教我们画一幅葡萄的临画。这是我入中学后第一张图画成绩，现在附在这信里寄给你，请你留作纪念。先生说，学画应该以写生为主；但临摹别人的作品，也可学点笔法。故难得临画几次，也是必要的。我觉得很对。你看这幅画用笔并不繁，而葡萄的特点都能表出。还有一个关于画葡萄的故事告诉你：前天我向这里的图书室借了一册丰子恺著的《艺术趣味》来读。看见里面有一节说：'从前希腊有两位画家，一位名叫才乌克西斯（Zeuxis），还有一位名叫巴尔哈西乌斯（Parrhasius），都是耶稣纪元前的人。他们的作品已经不传，只有一个故事传诵于后世：这两位画家的画，都画得很像，在希腊为齐名的两大画家。有一天，两人各拿出自己的杰作来，在雅典的市民面前展览比赛。全市的美术爱好者，大家到场来看两大画家的比赛。只见才乌克西斯先上台，他手中夹一幅画，外面用袱布包着。他在公众前把袱布解开，拿出画来。画中描的是一个小孩子，头上顶一篮葡萄，站在田野中。那孩子同活人一样，眼睛似乎会动的。但上面的葡萄描得更好，在阳光下望去，竟颗颗凌空，汁水都榨得出似的。公众正在拍手喝彩，忽然空中飞下两只鸟来，向画中的葡萄啄了几下，又惊飞去。这是因为他的葡萄画得太像，天空中的鸟竟上了他的当，以为是真的葡萄，故飞下来啄食。于是观者中又起了一阵热烈的拍掌和喝彩。才乌克西斯的画既已受了公众的激赏，他就满怀得意地走下台来，请巴尔哈西乌斯上台献画。在观者心中想来，巴尔哈西乌斯，一定比不上才乌克西斯。哪有比这幅葡萄更像的画呢？他们看见巴尔哈西乌斯夹了包着的画，缓缓地踱上台来，就代他担忧。巴尔哈西乌斯却笑嘻嘻地走上台来，把画倚在壁上了，对观者闲眺。观者急于要看他的画，拍着手齐声叫道："快把包袱解开来呀！"巴尔哈西乌斯把手叉在腰际，并不去解包袱，仍是笑嘻嘻地向观者闲眺。观者不耐烦了，大家立起身来狂呼："画家！快把包袱解开，拿出你的杰作来同他比赛呀！"巴尔哈西乌斯指着他的画说道："我的画并没有包袱，早已摆在诸君眼前了。请看！"观者仔细一相，才知道他所描的是一个包袱，他所拿上来的正是他的画，并非另有包袱。因为画得太像，观者的数千百双眼睛都受了他的骗，以为是真的包袱。于是大家叹服巴尔哈西乌斯的技术，说前者只能骗鸟，后者竟能骗人。'弟弟，你听了这故事作何感想？我知道你一定又有一番大议论。下次来信，请把你的感想告诉我。你的姐姐逢春。九月十六日下午五时。"

原载于《新少年》1936年9月10日第2卷第5期

洋蜡烛油

蜡块里的雕塑

我就计上心来，对弟弟说："我们用洋蜡烛油来翻造洋囡囡的脸孔好不好？"弟弟说："怎样翻造呢？"我说："我们先用洋蜡烛油撒在洋囡囡的脸孔上，造成一个阴文的模子。等它硬了，就可翻印。印出来的不是同洋囡囡的脸孔一样么？"弟弟赞成。我们的雕塑就在半夜里开工了。

大热一连五天，都在九十六度以上，一点书也看不进，真是讨厌。大雨足足下了半天，檐头水溅进窗内，湿透了我的《初中入学试题集》，可惜得很。做短工的阿四还要欢喜赞叹："一阵热，一阵雨，爷做天也没有这样好！"我问他理由，他只管眼看着天叫道："落下来的都是金子呀！"我听不懂。问了姆妈，才知道夏天一场大热，一场大雨，田稻可以丰收，所以农人最欢喜。

早知如此，我对于天热不会那样讨厌，我那册书湿透也没有什么可惜了。我把湿书放在灶山①上，吃过夜饭后已烘干了。连日因为天热没有看书。这一天雨后晚凉，我同弟弟就在灯下读书。他读《续爱的教育》，我很羡慕他。因为我所读的那册烘干书，很少趣味。尤其是那些数目字——现在世间的植物共有多少种？孙中山先生预备筑的铁路长若干里？——怎么记得牢呢？弟弟又不绝地把好看的地方讲给

---

①灶山，指老式灶的高处。

我听，安利珂什么样了，舅父什么样了，使我完全无心记诵这些枯燥的试题。爸爸原说："这种书不犯着读，即使因此考取了，也好比打着航空券，是侥幸的。"但先生深恐我们不取，坍母校的台，教预备升学的几个人在暑假里人手一册，我也就姑且读读。但这晚同弟弟的比较之下，我的工作变成无聊透顶！当时我下决心：明天起，听从爸爸的话，温习小学时代所读过的旧书。正如爸爸所说："硬记试题，考取了不算光荣；习熟各科，考不取不算失败。"今晚夜凉如水，另做些有趣味的工作吧。我抛了《试题集》，同弟弟共看了一回《续爱的教育》，电灯打个招呼，原来辰光已近十一点钟，再过五分钟，我们这小镇上的发电机要休息了。但我们的兴味还不许我们休息。我赶紧找洋蜡烛。找到的洋蜡烛使人看了发笑：因为白天太热，它们都从烛台上软倒来，弯成半只玉镯的模样，我用手捏了一会，才得扶直了。弟弟从烛台取下蜡泪，把它捏成黏土模样，拿到麦柴扇上去用力一揿，看了印着的纹样欢喜地叫道："啊，很清楚的图案！雕刻家也刻不成的！"我挨近去一看，固然美妙得很。那阴文的麦柴纹条条都很清楚，倘用黏土填进去，可以印出同麦柴扇一样的阳文的浮雕来。我就计上心来，对弟弟说："我们用洋蜡烛油来翻造洋囡囡的脸孔好不好？"弟弟说："怎样翻造呢？"我说："我们先用洋蜡烛油揿在洋囡囡的脸孔上，造成一个阴文的模子。等它硬了，就可翻印。印出来的不是同洋囡囡的脸孔一样么？"弟弟赞成。我们的雕塑就在半夜里开工了。

先收集蜡泪，积了小拳头大的一块。然后开开玩具橱，选出两个洋囡囡来：一个面团团的阿福，一个尖头大眼的蔻贝[①]。把蜡平分为

①日本的一种玩具裸体娃娃（译音）。

两块，我捏一块，弟弟捏一块，捏到柔软了的时候，我的覆在阿福的脸上，弟弟的覆在蔻贝的脸上。"气闷杀了！气闷杀了！"弟弟喊了几声，连忙拿去蜡块，蜡块里已经印着很清楚的蔻贝的脸孔了。"同阿福比比看，谁清楚？"弟弟催我拿去蜡块，"啊哟，阿福愈加清楚！"

"有了模子，怎样翻造呢？"我提出这问题。弟弟说："用烂泥吧，今天阿四挑了许多烂泥在花台里。"我说："烂泥太龌龊。况且半夜三更到院子里去取烂泥，姆妈知道了又要说话。我看仍旧用洋蜡烛油印，来得干净。"弟弟说："蜡同蜡黏合了怎么办呢？况且蜡已经没有了！"我说："我自有办法。"我记得姆妈缝纫时，常用洋蜡烛头在布上擦一擦，然后下针。这洋蜡烛头就藏在她的针线盘里，我们偷偷地走进她的卧房，找到了她的针线盘，偷了她这件宝贝回来。我们把模子浸在冷水里，使它们硬起来；把蜡烛头切成两段，用手捏弄，使它们软起来。捏得很柔软了，急忙从水中取出模子，把软蜡嵌进模子里头。用大拇指捺了好久，取出一看，两只脸孔同洋囡囡的一样，不过变了羊脂白玉色，越发可爱了。弟弟喊起来："好啊！大功告成！"

这喊声惊动了爸爸。原来他还没有睡，也趁着晚凉在书室里看书。这时候他携着一支电筒，走进我们的房里来探问："半夜三更告成了什么大功？"弟弟连忙藏了模子，拿两只白玉的脸给爸爸看，说道："爸爸，我同姐姐都会塑造了，你看这塑得好不好？"爸爸相了一会，笑道："好倒是很好的。不过你们哪里来的模子？瞒我不过的。"我们就把模子和制法和盘托出。他又笑道："法子倒也想得巧妙的。倘能不用模子，用手指捏造出来，你们两个都变成大雕刻家罗丹了。"我们不懂这话，求他解说。爸爸回到书室里去拿了一张雕像的印刷品来给我们看，对我们讲下面一段话：

"二十年前死去的，法国一位大雕塑家，叫做罗丹（Auguste Rodin，1840—1917）。这个题名《考虑》〔《思想者》〕的裸体人像，便是他的杰作。他是近代世界最大的雕刻家。因为从前的雕刻法，都有一定的格式，好像我们这里的佛像，身体各部的雕法有定规。所以雕出来的往往不像实际的人体。这叫做'古典派'。"爸爸指着弟弟说："上次我给你看的希腊雕刻维娜斯〔维纳斯〕像，便是古典派的。"又继续说道："到了罗丹，开始废弃一切定规，完全依照实际的人体而雕塑。所以雕出来的全同真的人体一样。他所创造的这一派叫做'写实派'。他的写实派雕塑最初在展览会里出品时，法国的人大家不相信他凭空雕出，说他一定是从活人取了模子——好比你们用洋蜡烛油覆在洋囡囡脸上取模子一样，——而翻造出来的。法国政府认为这是残酷的办法，应该禁止。罗丹向他们辩解，他们不信。于是罗丹说：'你们不信，让我再雕几个小"大人"像给你们看。'过了几时，他雕成了一群小像，——意大利大诗人但丁（Dante）的名作《神曲》的《地狱篇》中的人物，题名曰《地狱之门》——各像不过一二尺高。于是他拿去给批评者看，对他们说道：'你们说我从活人取模子，请问这些像的模子从哪里去取？难道我到"小人国"里去取来不成？'批评者方始确信他的写实手腕的高妙，从此大家尊重他为世界最大的雕塑家，他的一派就成为现代雕塑的模范。你们看这幅图：寸法，筋肉，姿势，全同实际一样。姿势尤加表现得好：你看这人的'考虑'

多少深刻，好像要解决一个极重大的难问题，在那里呕心沥血地考虑，连脚趾头都在那里考虑。"讲到这里，大家笑起来。

姆妈被笑声惊醒，从隔壁房里喊道："半夜三更还不睡觉，笑什么？你们爸爸也同你们一般样见识，不晓得催你们睡！"爸爸伸伸舌头，拿着电筒出去了。我们各人拿一个羊脂白玉头像放在枕畔，然后就寝。

原载于《新少年》1936 年 8 月 10 日第 2 卷第 3 期

初雪

家具器物中的艺术

早上醒来，看见床上的帐子白得发青。撩帐一看，窗外的屋顶统统变白了！我连忙披衣起身，看见室内静悄悄的，一切都带着银色，好像电影里所见的光景。

盥洗后走出堂前，看见弟弟站在阶沿上，正在拿万年青叶子上的雪塞进嘴里去，笑着招呼我："来吃冰淇淋！"我们吃了一些"冰淇淋"，就被母亲叫去吃早粥。在食桌上，弟弟向母亲要求到外婆家的洋楼里去看雪景。我知道县立中学是昨天放寒假的，叶心哥哥一定已经回家。自从新年别后没有相见过。今天去望望他同看雪景，更有兴味。于是我也要求同去。母亲答允了，但吩咐我们路上看滑跤。又拿出一包糖年糕，叫我们带送外婆。

街上的雪已被许多人的脚踏坏，弄得龌里龌龊了。只有外婆家旁边的小弄，望去很好看。雪白而很长一条，上面蜿蜒地画着一道脚踏车轮的痕迹。不知那一端通到什么地方？样子很是神秘。

走进外婆家，看见外婆坐在厅上的太师椅子里，把小脚踏在铜火炉上，正在指挥女仆整理网篮和铺盖。她见了我们，惊喜地说："这么大雪天，亏你们走了来！"就拉住我们的手，检查我们穿着的衣服。然后指着那网篮铺盖说："叶心昨天晚上才回家，行李还没有收拾呢。你们到洋房楼上去玩吧。他父子两人正在那里布置房间呢。你娘舅新买来的那种新式椅子，后面空空地，坐上去像要跌跤似的，教我是白送也不要它！你们去看看吧。"我们把年糕送给外婆，就转入厅内，通过走廊跨上洋房的楼梯。

我们走进房间，看见娘舅和叶心哥哥大家穿着衬衫，卷起衣袖，脸上红红地，靠在窗边端相室内的家具。看见我们进去，叶心哥哥叫道："你们来得正好！我们方才布置妥当，正想有客人来坐，你们来得正好！"便拉我们去坐。我好久不见娘舅，正想问问安，已被叶心哥哥拉到房间中央一只奇形的玻璃桌子旁边，硬把我按在一只奇形的椅子里了。弟弟也被按在我对面的椅子里。于是娘舅和叶心哥哥也来相对坐下。四个人坐着四只奇形的椅子，围住一张奇形的桌子，好像开什么特别会议。我从看惯了的自己家里出门，走过龌龊的街道，过外婆的古风的厅堂，忽然来到了这里，感觉得异常新鲜。这房间里的墙壁都作淡青色，壁上挂着银框子的油画。油画下面放着几何形体似的各种桌子，茶几，沙发和书橱。这些家具上面毫无一点雕花，连一根装饰的直线也没有，好像是用大积木搭出来的。尤加奇形的，是我们所坐着的椅子。这些椅子用一根钢管弯成，后面没有脚，真如外婆所说，好像坐上去要跌跤似的。但我坐上了，却觉得很舒服。这样新奇的一个房间，被三四个大窗子里射进来的银色的雪光一照，显得愈加纯洁朴素，好似一种梦境。娘舅开始向我们问爸爸姆妈的好，又说他为了美术学校开教授作品展览会，才于昨天回家。为了要布置这些家具，还没有来望我们的爸爸。随后就把这种新家具一样一样地为我们说明。他说："这是很新的一种形式，其特点是省却以前的种种繁琐的装饰，而用朴素的几何形体。旧式的家具，统是弯弯曲曲的线，统是细致的雕花，虽然华丽，但太复杂，看上去不痛快。现代的人，对于一切美术要求其单纯明快。凡不必要的装饰，应该除去。因此家具渐渐地朴素起来。到了现在，就有人造出这种最新的形式来。你们觉得好看吗？"我们都说好看。弟弟指着墙上的自鸣钟惊奇地叫道："咦！这只钟没有数目字的！"我抬头一看，果然看见一个圆形的黑框子里，四周画着十二条粗大的黑线，两只粗大的黑针一长一短地横在中央，此外毫无一物。那十二条粗线中，垂直的两条（十二点和六点）和水平的两条（三点和九点）都是空心的，因此容易认识。我一看就随口说出："九点还差一分。"娘舅得意地笑道："我这里的东西都是奇怪的。但你一看就能说出几点几分，可见奇怪得还有道理。"他笑着立起身来，拿了大衣预备出门，叫叶心哥哥陪我们玩。等他出走了，我们就到窗前来看雪。这楼位在市梢，窗外一片广大的郊原，盖着厚厚的白雪。只有几间茅屋和几株树，各自顶了一头白雪，疏朗朗地点缀着。以前我们在这里所见的繁华的春景，浓重的夏景，……和清丽的秋景，现在都不见了。眼前只见明快的一片白色，和单纯的几点黑色。回想起娘舅解释新美术形式的话，我觉得现在室内和室外的景象非常调和，我们好像是特地选择这天来参观这些新家具的。叶心哥哥的殷勤的招待打断了我的闲想。他拿着一本照片册邀我们看。这里都是他自己拍的照片，取景构图都很好。冲晒也很精洁，衬着黑纸，映着雪窗的光，样子分外美观。翻到后来，忽然展出两张色彩图来。仔细一看，原来是我和弟弟画送他的贺年片。我们要求他把这两张拿出。他说："你们不是把我的画粘在日历上，预备给大家看一年么？"这时候外婆派人来叫我们了。我们就下楼，到厅上来吃年糕。这一天我们在外婆家谈了种种话，吃了中饭，下午方才回家。

回到家里，把在舅家的所见告诉爸爸。爸爸说："各种器物，都有繁简种种形式。大概从前的人欢喜繁，现在的人欢喜简。"他随手拿铅笔在一本拍纸簿上画给我们看，一面说着："譬如钟，以前用细致的罗马字，后来改用简明的阿拉伯字，现在连阿拉伯字也不要，只用一条线。又如茶杯，花瓶，痰盂等，以前大都用S曲线，后来曲线改简，用括弧形的，或X形的。有时索性不要曲线，而用不并行的直线，或竟用并行的直线。又如椅子，从前的太师椅，曲曲折折，噜噜苏苏。"弟弟指着爸爸描出来的图，插口说："外婆坐的就是它！"爸爸又描一只椅子，继续说："不必说外婆，就是你姆妈房里的藤穿椅，脚上一轮一轮的，一段一段的，也噜苏得很。所以后来就不流行，改用直线的脚。再简起来，就是娘舅家的钢管椅子。其他桌子，眠床等，也都有同样的变化。建筑也是如此。旧式房子形式繁复，新式房子形式单纯。将来你们到大都市里去，可以看见许多实例呢。"爸爸放下铅笔，结束地说："建筑和工艺美术同潮流。这潮流是从人的思想感情上变出来的。"

姆妈进来了，向我问了些外婆家的情形之后，告诉我们说："今天上午华明的母亲来过了。她说华明因为早上在庭中的雪地里小便了一下，被华先生骂，说他已是五年级生了，毫无爱美的心，敢用小便去摧残雪景？美术科白学了的！于是罚他在家读书。叫他母亲来我家借一册《阳光底下的房子》去，定要他今天读完，晚上还要考他呢。"弟弟听了，很同情于华明的受罚，轻轻地对我说："我们明天去望望他？"我点点头。

原载于《新少年》1936 年 1 月 25 日第 1 卷第 2 期

"……衣服同家具一样：西式的用家具来凑身体，中式的用身体去凑家具。"他又说："服装实在是比家具更重要的一种实用美术。这是活的雕塑艺术！"我觉得这话很有意味。

　　寒假开学这一天的早晨，姆妈拿出弟弟的新大衣来给他穿。弟弟先把左臂全部插进衣袖里，右臂便插不进去，哭丧着脸喊："嫌小！嫌小！"

　　姆妈走过来帮他穿，一边说着："真是乡下孩子！穿大衣的法子还没懂得呢！两只手要向后，一齐插进去的呀！"姆妈给他穿上，纽好之后，退远几步，端相了一会，说："到底大衣好看。活像一个新少年了！如今要留心点，不可再用衣袖和屁股当手帕！"弟弟原有用衣袖揩鼻涕，和把手上的龌龊擦在胸前的习惯。姆妈屡次说他，近来他已改好些，知道用手帕揩鼻涕，而把手上的龌龊擦到自己看不见的屁股上去了。爸爸曾经讥笑他这是"进步"，他很难为情。这会姆妈又这样说他，他便把话头转开去，笑着对姆妈说："《新少年》是一册杂志呀！我怎么会活像《新少年》的？"说得大家笑了。

我觉得大衣的确比短衫或长衫好看。回想弟弟穿短衫时的模样，似乎年纪要小得多，完全看不上眼；穿长衫时的模样，又似乎年纪要老得多，一点没有威势。如今穿了小大衣，样子便好看起来：精神比前振作，动作比前活泼，眼睛也似乎比以前有光辉，真是"活像一个新少年了"！我伴着他上学校时，路上的人大家对他注目，弄得他很不自然，只管低着头躲在我的背后。

　　华先生两手镶拱在胸前，站在校门口。看见我们走来，笑着说："柳如金的新大衣漂亮得很呢！"弟弟愈加难为情了，走进校门，忙向纪念厅跑。华先生目送他跑。我说："请华先生给他画一个'斯侃契'（'sketch'，就是速写）吧。"华先生点点头。

　　纪念厅里已有着许多男学生。我们校里的习惯，开学第一天大概不上课，行过开学会，发过新书之后，大家可以回家，明天再来上课。所以男同学们大家不到教室，空手站在操场上或纪念厅里等候开会。女同学们则集中在纪念厅隔壁的六年级教室里等候。弟弟一进纪念厅，就钻入人丛中。但是同学们都注意他的新大衣，打着圈子看他，又对他说笑。最会说笑的是华明，他第一个说："大家看，柳如金穿着新大衣来拜年了。"绰号老太爷的王品生穿着一件大马褂，走上前来，模仿大人对弟弟拱拱手，说："恭喜发财！"李学文用两手把老太爷和弟弟分开。高声喊道："什么'恭喜发财'？你们用阴历的都要打倒！"弟弟挺着胸脯向李学文说："我不是来拜年的，并没有用阴历！"李学文忘记了自己的新围巾和新蓝绵绸袍子，同他辩："今天是阴历正月初九，你穿新衣裳便是用阴历！应该打倒！"说得大家都笑起来。

这时候沈荣生拖着穿童子军衣服的张健走过来，把他推在弟弟身上，口里喊着："两个外国人！两个外国人！"绰号神经病的陈金明却把张健拉开，眼睛望望我们的教室里穿大衣的女生宋丽金，装着鬼脸说："不是两个外国人！是两个'金'！两个穿大衣的'金'！"大家拍手喊道："好啊！一对！一对！"我们教室里的女同学也都笑起来，大家向宋丽金看，看得她脸孔红了。华先生拿着速写簿，躲在纪念厅旁门边为各人写生，大家没有注意到。这时候他把速写簿藏入衣袋，走出来喊道："不要吵了！开会了！"接着铃声就响，操场上的同学都跑进来，校长先生也进来了。大家齐集纪念厅去开会。

开过会，领了新书，我正想回家，华先生走来对我说话了："我已给你弟弟画了一张'斯侃契'了呢！"就从衣袋里摸出速写簿来递给我。许多女同学围集拢来看。我看见画的不止弟弟一个，刚才说笑的许多人：王品生、李学文、张健、沈荣生、神经病，都在内；他的儿子华明也在内。王品生戴着瓜皮帽，穿着一件大马褂，大摇大摆的，真像一个老太爷。李学文穿着长衫，围着围巾，态度很斯文。华明戴鸭舌头帽，穿一件黑背心，像商店里的小伙计。张健又瘦又长，单薄薄的穿着一套童子军装，看了使人发冷。那沈荣生上身穿着短衣，罩着黑背心；下身穿着一条膨胀的厚棉裤子，两只脚管扎得紧紧的，好像一对灯笼。那神经病穿着宽大的短衣短裤，浑身松懈，脸上永远装着鬼相。我笑道："咦！他们的服装各人各样，没有一个相同的呢！"女同学们看了都好笑。回顾自己队里，发现女生的服装也是各种各样，极少有相同的。最会说话的徐娴就要求华先生，给女生们也画几张"斯侃契"。华先生看看我们各人的样子，似觉很有兴味，就说："好，你们大家站着吧。"便拿了速写簿走到远处的门边，对着我们写生了。我们大家像做纪念周一般肃立。只有那绰号标准美人的金翠娥，撒娇撒痴地喊："啊唷，华先生不要写我！"又扭扭捏捏地躲到王慧贞背后去，却被王慧贞骂"轻骨头"。金翠娥竖起眉毛想抗辩，被大家喝住，也只得肃立。这时候我觉得很痛快。

不多时，华先生写好了，把速写簿递给我们看。他描着七个人的"斯侃契"，服装也各人不同：宋丽金黑大衣里面衬着白围巾，样子最好看。金翠娥旗袍上罩毛线短衣，一股摩登气，在画里看看也不觉得十分讨厌。徐娴旗袍上罩着旗袍背心，戴着缀花球的绒帽子，傻头傻脑的，很是可爱。王慧贞端正地穿着短衣短裙，样子最是老成，像个中学生。李玉娥格子布短衣、短裤，像个小丫头。陆宝珠黑色的短棉背心，格子布裤子，歪着头，把手插在背心洞里，活像一个乡下姑娘。还有一个戴围巾，穿长衫，满头黑发的人，大家说是我。我自己却不认识，看了觉得很奇怪。

我问华先生借了这册速写簿，拿回家去给姆妈爸爸看。姆妈看了华先生所画的华明，笑着说："他把自己的儿子画得像个小滑头。"我问："华先生为什么这样不讲究服装？"姆妈说："华先生何尝不要讲究？只是华师母和华明自己不懂得服装，不要好看，华先生也没有办法！"我又问爸爸："弟弟穿了大衣，为什么比穿短衫或长衫好看？"爸爸说："大衣是西洋服装。西洋式的衣服，各部分都依照人的身体的尺寸而裁剪，穿上去很称身。故只要身体生得好，穿上衣服去样子总好看。中国式的衣服，只是大概照身体，却不讲究身体各部的大小，穿上去往往不称身，样子便不容易好看。衣服同家具一样：西式的用家具来凑身体，中式的用身体去凑家具。"他又说："服装实在是比家具更重要的一种实用美术。这是活的雕塑艺术！

我觉得这话很有意味。就把华先生的"斯侃契"临摹下来，想描成十四种服装图。弟弟出校后跟华明同到庙前玩耍，这时候方才回家，见我在描画，就挨过来看。看见我描着他和宋丽金一对大衣人物，以为我也是和他说笑，就伸手来夺我的画。幸而我提防得早，没有给他夺去。

原载于《新少年》1936年2月25日第1卷第4期

闲居

❖ 居家的快乐

在房间里很可以自由取乐；如果把房间当作一幅画图看的时候，其布置就如画的"置陈"了……妥帖之后，人在里面，精神自然安定、集中，而快适。这是谁都懂得，谁都可以自由取乐的事。

　　闲居，在生活上人都说是不幸的，但在情趣上我觉得是最快适的了。假如国民政府新定一条法律："闲居必须整天禁锢在自己的房间里"，我也不愿出去干事，宁可闲居而被禁锢。

　　在房间里很可以自由取乐；如果把房间当作一幅画图看的时候，其布置就如画的"置陈"了。譬如书房，主人的座位为全局的主眼，犹之一幅画中的 middle point〔中心点〕，须居全幅中最重要的地位。其他自书架、几、椅、藤床、火炉、壁饰、自鸣钟，以至痰盂、纸篓等，各以主眼为中心而布置，使全局的焦点集中于主人的座位，犹之画中的附属物，背景，均须有护卫主物，显衬主物的作用。这样妥帖之后，人在里面，精神自然安定、集中，而快适。这是谁都懂得，谁都可以自由取乐的事。虽然有的人不讲究自己的房间的布置，然走进一间布置很妥帖的房间，一定谁也觉得快适。这可见人都会鉴赏，鉴赏就是被动的创作，故可说这是谁也懂得，谁也可以自由取乐的事。

我在贫乏而粗末①的自己的书房里，常常欢喜作这个玩意儿。把几件粗陋的家具搬来整去，一月中总要搬数回。搬到痰盂不能移动一寸，脸盆架子不能旋转一度的时候，便有很妥帖的位置出现了。那时候我自己坐在主眼的座上，环视上下四周，君临一切。觉得一切都朝宗于我，一切都为我尽其职司，如百官之朝天，众星之拱北辰。就是墙上一只很小的钉，望去也似乎居相当的位置，对全体为有机的一员，对我尽专任的职司。我统御这个天下，想象南面王的气概，得到几天的快适。

有一次我闲居在自己的房间里，曾经对自鸣钟寻了一回开心，自鸣钟这个东西，在都会里差不多可说是无处不有，无人不备的了。然而它这张脸皮，我看惯了真厌得很。罗马字的还算好看；我房间里的一只，又是粗大的数学码子的。数学的九个字，我见了最头痛，谁愿意每天做数学呢！有一天，大概是闲日月中的闲日，我就从墙壁上请它下来，拿油画颜料把它的脸皮涂成天蓝色，在上面画几根绿的杨柳枝，又用硬的黑纸剪成两只飞燕，用糨糊贴住在两只针的尖头上，这样一来，就变成了两只燕子飞逐在杨柳中间的一幅圆额的油画了。凡在三点二十几分，八点三十几分等时候，画的构图就非常妥帖，因为两只飞燕适在全幅中稍偏的位置，而且追随在一块，画面就保住均衡了。辨识时间，没有数目字也是很容易的：针向上垂直为十二时，向下垂直为六时，向左水平为九时，向右水平为三时。这就是把圆分为四个 quarter〔一刻钟〕，是肉眼也很容易办到的事。一个 quarter 里面平分为三格，就得长针五分钟的距离了，这不十分容易正确，然相

①日语中有此词，意即粗陋、不精致。

差至多不过一两分钟，只要不是天文台，电报局或火车站里，人家家里上下一两分钟本来是不要紧的。倘眼睛锐利一点，看惯之后，其实半分钟也是可以分明辨出的。这自鸣钟现在还挂在我的房间里，虽然惯用之后不甚新颖了，然终不觉得讨厌，因为它在壁上不是显明的实用的一只自鸣钟，而可以冒充一幅油画。

　　除了空间以外，闲的时候我又欢喜把一天的生活的情调来比方音乐。如果把一天的生活当作一个乐曲，其经过就像乐章（movement）的移行了。一天的早晨，晴雨如何？冷暖如何？人事的情形如何？犹之第一乐章的开始，先已奏出全曲的根柢的"主题"（theme）。一天的生活，例如事务的纷忙，意外的发生，祸福的临门，犹如曲中的长音阶〔大音阶〕变为短音阶〔小音阶〕的，C 调变为 F 调， adagio〔柔板〕变为 allegro〔快板〕。其或昼永人闲，平安无事，那就像始终 C 调的 andante〔行板〕的长大的乐章了。以气候而论，春日是孟檀尔伸〔门德尔松〕（Mendelsson），夏日是斐德芬〔贝多芬〕（Beethoven），秋日是晓邦〔肖邦〕（Chopin）、修芒〔舒曼〕（Schumann），冬日是修斐尔德〔舒伯特〕（Schubert）。这也是谁也可以感到，谁也可以懂得的事，试看无论什么机关里，团体里，做无论什么事务的人，在阴雨的天气，办事一定不及在晴天的起劲，高兴，积极。如果有不论天气，天天照常办事的人，这一定不是人，是一架机器。只要看挑到我们后门头来卖臭豆腐干的江北人，近来秋雨连日，他的叫声自然懒洋洋地低钝起来，远不如一月以前的炎阳下的"臭豆腐干！"的热辣了。

原载于《小说月报》1927 年 7 月 10 日第 18 卷第 7 号

忆弟

『吃了笑药』的弟弟

母亲常说他『吃了笑药』，但我们这孤儿寡妇的家庭幸有这吃笑药的人，天天不缺乏和乐而温暖的空气。我和满姐虽然不能自动发现笑的资料，但颇能欣赏他的发现，尤其是关于太的笑话，在我们脑中留下不朽的印象。

突然外面走进一个人来，立停在我面前咫尺之地，向我深深地作揖。我连忙拔出口中的卷烟而答礼，烟灰正擦在他的手背上，卷烟熄灭了，连我也觉得颇有些烫痛。

等他仰起头来，我看见一个衰老憔悴的面孔，下面穿一身褴褛的衣裤，伛偻地站着。我的回想在脑中曲曲折折地转了好几个弯，才寻出这人的来历。起先认识他是太，后来记得他姓朱，我便说道：

"啊！你是朱家大伯！长久不见了。近来……"

他不等我说完就装出笑脸接上去说：

"少爷，长久不见了，我现在住在土地庵里，全靠化点香钱过活。少爷现在上海发财？几位官官①了？真是前世修的好福气！"

我没有逐一答复他在不在上海，发不发财，和生了几个儿子；只是唯唯否否。他也不要求一一答复，接连地说过便坐下在旁边的凳子上。

①官官，作者家乡一带对小主人的称呼。

我摸出烟包，抽出一支烟来请他吸，同时忙碌地回想过去。

二十余年之前，我十三四岁的时候，和满姐、慧弟①跟着母亲住在染坊店里面的老屋里。同住的是我们的族叔一家。这位朱家大伯便是叔母的娘家的亲戚而寄居在叔母家的。他年纪与叔母仿佛，也许比叔母小，但叔母叫他"外公"，叔母的儿子叫他"外公太太"（注：石门湾方言。称曾祖为太）。论理我们也该叫他"外公太太"；但我们不论。一则因为他不是叔母的嫡亲外公，听说是她娘家同村人的外公；且这叔母也不是我们的嫡亲叔母，而是远房的。我们倘对他攀亲，正如我乡俗语所说："攀了三日三夜，光绪皇帝是我表兄"了。二则因为他虽然识字，但是挑水果担的，而且年纪并不大，叫他"太太"有些可笑。所以我们都跟染坊店里的人叫他朱家大伯。而在背后谈他的笑话时，简称他为"太"。这是尊称的反用法。

太的笑话很多，发现他的笑话的是慧弟。理解而赏识这些笑话的只有我和满姐。譬如吃夜饭的时候，慧弟忽然用饭碗接住了他的尖而长的下巴，独自吃吃地笑个不住。我们便知道他是想起了今天所发现的太的笑话了，就用"太今天怎么样？"一句话来催他讲。他笑完了便讲：

"太今天躺在店里的榻上看《康熙字典》。竺官②坐在他旁边，也拿起一册来翻。翻了好久，把书一掷叫道：'竺字在哪里？你这部字典翻不出的！'太一面看字典，一面随口回答：'蛮好翻的！'竺官另取一册来翻了好久，又把书一掷叫道：'翻不出的！你这部字典很难翻！'他又随口回答：'蛮好翻的！再要好翻没有了！'"

①满姐，即作者的三姐丰满（梦忍）。慧弟，即作者的大弟丰浚（慧珠）。
②竺官，系店里的伙计。

讲到这里，我们三人都笑不可抑了。母亲催我们吃饭。我们吃了几口饭又笑了起来。母亲说出两句陈语来："食不言，寝不语。你们父亲前头……"但下文大都被我们的笑声淹没了。从此以后，我们要说事体的容易做，便套用太的语法，说"再要好做没有了"。后来更进一步，便说"同太的字典一样"了。现在慧弟的墓木早已拱了，我同满姐二人有时也还在谈话中应用这句古话以取笑乐。——虽然我们的笑声枯燥冷淡，远不及二十余年前夜饭桌上的热烈了。

有时他用手按住了嘴巴从店里笑进来，又是发现了太的笑话了。"太今天怎么样？"一问，他便又讲出一个来。

"竺官问太香瓜几钱一个，太说三钱一个，竺官说：'一钱三个？'太说：'勿要假来假去！'竺官向他担子里捧了三个香瓜就走，一面说着：'一个铜圆欠一欠，大年夜里有月亮，还你。'太追上去夺回香瓜。一个一个地还到担子里去，口里唱一般地说：'别的事情可假来假去，做生意勿可假来假去！'"

讲到"别的事情可假来假去"一句，我们又都笑不可抑了。

慧弟所发现的趣话，大都是这一类的。现在回想起来，他真是一个很别致的人。他能在寻常的谈话中随处发现笑的资料。例如嫌冷的人叫一声"天为什么这样冷！"装穷的人说了一声"我哪里有钱！"表明不赌的人说了一声"我几时弄牌！"又如怪人多事的人说了一句"谁要你讨好！"虽然他明知道这是借疑问词来加强语气的，并不真个要求对手的解答，但他故意捉住了话中的"为什么""哪里""几时""谁"等疑问词而作可笑的解答。倘有人说"我马上去"，他便捉住他问"你的马在哪里？"倘有人说"轮船马上开"，他就笑得满座皆笑了。母亲常说他"吃了笑药"，但我们这孤儿寡妇的家庭幸有这吃笑药的人，天天不缺乏和乐而温暖的空气。我和满姐虽然不能自动发现笑的资料，但颇能欣赏他的发现，尤其是关于太的笑话，在我们脑中留下不朽的印象。所以我和他虽已阔别二十余年，今天一见立刻认识，而且立刻想起他那部"再要好翻没有了"的字典。

但他今天不讲字典，只说要买一只龛缸，向我化一点钱。他说：

"我今年七十五岁了，近来一年不如一年。今年三月里在桑树根上绊一绊跌了一跤，险乎病死。靠菩萨，还能走出来。但是还有几时活在世上呢？庵里毫无出息。化化香钱呢，大字号店家也只给一两个小钱，初一月半两次，每次最多得到三角钱，连一口白饭也吃不饱。店里先生还嫌我来得太勤。饿死了也干净，只怕这几根骨头没有人收拾，所以想买一只缸。缸价要七八块钱，汪恒泰里已答应我出两块钱，请少爷也做个好事。钱呢，买好了缸来领。"

我和满姐立刻答应他每人出一块钱。又请他喝一杯茶，留他再坐。我们想从他那里找寻自己童年的心情，但终于找不出，即使找出了也笑不出。因为主要的赏识者已不在人世，而被赏识的人已在预备买缸收拾自己的骨头，残生的我们也没有心思再作这种闲情的游戏了。我默默地吸卷烟，直到他的辞去。

一九三三年六月廿四日在石门湾

原载于《文学》杂志第 1 卷第 2 号，1933 年 8 月

乐生

　　乐生是我的远房堂兄。他的父亲叫亚群，我们叫他亚卿三大伯，或麻子三大伯。亚卿曾在我们的染店里当管账，乐生就在店里当学徒。因此我和乐生很熟悉，下午店里空了，乐生就陪我玩。

　　乐生的玩法，异想天开，与众不同，还带些恶毒性，但实际上并不怎么危害人。我对他有些向往，就因为爱好这种恶毒性。例如：他看到一条百脚，诱它出来，用剪刀把它的两只钳剪去。百脚是以钳为武器的，如今被剪去了，就如缴了械，解除了武装，不可怕了。乐生便把它藏在衣袖里，任他在身上爬来爬去，他突然把百脚丢在别人身上，那人吓了一跳。有几个小孩，竟被他吓得大哭。有一次，我母亲出来，在店口坐坐。乐生乘其不备，把这条百脚放在她肩上了。我母亲见了，大吃一惊，乐生立刻走过去把百脚捉了藏入袋里，使得我母亲又吃一惊。又有一次，他向他的父亲麻子三大伯讨零用钱，他父亲不给。他便拿出百脚来，丢在他臂上。麻子三大伯吓了一跳，连忙用手来掸，岂知那百脚落在他背脊上了，没有离身。他向门角落里拿起一根门闩，要打乐生。乐生在前面逃，他背着百脚拿着门闩在后面追，街上的人大笑。乐生转一个弯，不见了，麻子三大伯背着百脚拿着门闩站着喘气。有人替他掸脱了百脚。一只鸡看见了，跑过来啄了两三口，把百脚全部吞下去了。这鸡照旧仰起了头踱来踱去，若无其事。可知鸡的胃消化力很强。这百脚已无钳无毒。倘是有钳有毒的，它照样会消化，把毒当作营养品。记得我的大姐扎珠花，珠子不圆，把它灌进鸡嘴巴里。过一会，把鸡杀了，取出珠子来，已浑圆了。可见其消化力之强。闲话少讲。

乐生对于百脚，特别感兴趣。上述的办法玩腻之后，他又另想办法，把一根竹，两头削尖，弯成弓形，钉住百脚的头和尾。两手一放，百脚就成了弓弦。这叫做百脚弓。他把百脚弓挂在墙上，到第三日，那百脚还不曾死，脚还在抖动。所以说百足之虫，死而不僵。但这办法太残忍了。百脚原是害虫，应该杀死。但何必用这等残酷的刑罚呢。但这是我现在的想法，当时我也木知木觉。且说百脚干燥之后，居然非常坚韧，可作弓弦，用竹签子射箭，见者无不惊叹乐生这种杰作。

乐生另有一种杰作，实在恶毒得可以。有一天晚上，我同他两人在店堂里，他悄悄地拿出一包头发来，不知是从哪里弄来的。用剪刀剪得很细，像黑粉末。我问他做什么用，他说你明天自会知道。到了明天下午，店里空了，隔壁的道士先生顾芷塘来坐在店门口，和人谈闲天。乐生乘其不备，拿一把头发粉末来撒在他的后头骨下面的项颈里了。这顾芷塘的项颈生得很长，人们都说他是吹笙的，笙是吸的，便把项颈吸得很长了。因为项颈长，所以衣领后头很宽，可容许多头发粉末。顾芷塘起先不觉得什么，后来觉得痒了，伸手去搔，越搔越痒。那些头发粉末落下去，粘在背脊上，顾芷塘只得撩起衣服来，弯进手臂去搔。同时自言自语："背脊上痒得很，难道生虱子了？我家没有虱子的呀。"终于痒得熬不住，便回家去换衣裳了。

管账先生何昌熙也着过这道儿。何昌熙坐在账桌边写账，乐生假作用鸡毛帚掸灰尘，把一把头发粉末撒在他项颈里了。何昌熙是个大块头，一时木知木觉，后来牵动衣裳，越牵越痒，嘴里不住地骂人，乐生和我却在暗笑。丫头红英吃过不少次数。因为红英常常坐在店门口阶沿上剖鱼或洗衣服，乐生凭在柜台上，居高临下，撒下去正好落在项颈里。此外，乐生拿了这包宝贝上街去，谁吃他亏，不得而知了。这些都是顽皮孩子的恶作剧，算不得作恶为非，但他还有招摇撞骗行径呢。

上午，街上正闹的时候，乐生拿了一碗水在人丛中走。看到一个比较阔绰的人，有意去碰他一下，那碗水倒翻在地上了。乐生惊喊起来："啊呀！我这两角洋钱烧酒被你碰翻了！奈末①我的爷要打杀我了！要你赔！要你赔！"他竟哭出眼泪来了。那人没奈何，只得赔他两角洋钱。

乐生早死。他的儿子叫舜华，听说在肉店经商，现在不知怎样，几十年没消息了。

---

①奈末，江南一带方言，意为这下子。

星星唱着自己的歌：
少年音乐和美术故事

作者
丰子恺

封面绘图
丰子恺

内文插图
丰子恺　陈　波

总策划
王应鲲

项目策划
李　潇

装帧设计
李艺菲

策划编辑
方　莹

责任编辑
孙兴冉　方　莹　张晨曦

责任发行
周冬梅

出版社
中国致公出版社

总出品
湖北知音动漫有限公司

制作出品
知音动漫图书·文艺坊

图书在版编目（CIP）数据

星星唱着自己的歌：少年音乐和美术故事 / 丰子恺

著. — 北京：中国致公出版社，2019

（大师与少年）

ISBN 978-7-5145-1350-9

Ⅰ . ①星… Ⅱ . ①丰… Ⅲ . ①散文集 – 中国 – 现代

Ⅳ . ①I266

中国版本图书馆CIP数据核字(2018)第211537号

星星唱着自己的歌：少年音乐和美术故事/ 丰子恺 著

出　　版	中国致公出版社	
	（北京市海淀区翠微路2号院科贸楼）	
出　　品	湖北知音动漫有限公司	
	（武汉市东湖路169号）	
发　　行	中国致公出版社（010-85869872）	
作品企划	知音动漫图书·文艺坊	
责任编辑	孙兴冉　方　莹　张晨曦	
特约编辑	方　莹	
装帧设计	李艺菲	
印　　刷	武汉精一佳印刷有限公司	
版　　次	2019年3月第1版	
印　　次	2019年3月第1次印刷	
开　　本	875mm×700mm　1/16	
印　　张	17	
字　　数	160千字	
书　　号	ISBN 978-7-5145-1350-9	
定　　价	39.80元